Entre redes

Alexandra Castrillón Gómez

Entre redes
Alexandra Castrillón Gómez
alexandracastrillon.com
alexandra@alexandracastrillon.com

Sígueme en Instagram: @acastrillon

Primera edición 2021.
Primera reimpresión 2021, revisada.
Segunda reimpresión 2024, revisada.

Todos los derechos reservados. Ninguna porción de este libro podrá ser reproducida, almacenada en algún sistema de recuperación o transmitida en cualquier forma o por cualquier medio (mecánicos, fotocopias, grabación u otro), excepto por citas breves, sin la autorización por escrito de la autora.
Esta es una obra de ficción. Todos los personajes, nombres, incidentes, organizaciones y diálogos en esta novela son producto de la imaginación del autor o han sido utilizados de manera ficticia.
Ninguna información incluida en este libro sustituye las recomendaciones de expertos en cada uno de los temas.

Copyright© 2021 Alexandra Castrillón Gómez
Edición: Natalia Hernández Zuluaga
Diseño de carátula: Ginger Magenta

ISBN: 978-958-49-3236-5

Al contador de historias que hay en ti.

PRÓLOGO

Como si estuviéramos tratando de no mojarnos las sandalias nuevas cuando nos sentamos a la orilla del mar, nuestra vida en las redes sociales se ha vuelto un ir y venir, un constante «levantarnos y volvernos a sentar». Escribo estos párrafos mientras reviso Facebook, LinkedIn, Twitter e Instagram. La verdad, no solo estos párrafos; no solo escribir. Parece que ahora todo lo hago mientras reviso Facebook, LinkedIn, Twitter e Instagram. Cada idea, cada línea, cada palabra, es interrumpida por ese oleaje; cada idea, cada línea, cada palabra, es un triunfo sobre ese ir y venir.

La forma en la que las redes sociales han irrumpido en nuestras vidas seguirá siendo motivo de reflexión y análisis durante mucho tiempo, pero también fuente de inspiración y de nuevas ideas. Es precisamente de eso que se alimenta no solo *Entre redes*, sino todo el proyecto literario de Alexandra Castrillón Gómez quien ha incorporado la vida en las redes a su quehacer con originalidad, naturalidad y no poco desparpajo, lo cual hace difícil leer *Entre redes* sin preguntarse cuántos de los dilemas de Jota habrán nacido directamente de perfiles y *post* de Castrillón Gómez; cuánto de la capacidad de Marcela para reinventarse habrá tenido su germen en las ideas y estrategias que la autora ha puesto en práctica, no solo en la promoción, sino (sobre todo) en la creación de sus libros.

Porque ahí está la principal diferencia de Castrillón Gómez con otros escritores y escritoras que ven en las redes sociales no mucho más que una vía de promoción de sus obras. Para ella, las redes son parte vital de su proceso creativo; las usa para establecer relaciones con sus lectores que van más allá del intercambio de pareceres sobre lo publicado, pues los incorpora desde el mismo momento en que empieza a escribir (o incluso desde antes).

Los dramas y problemas que enfrentan los personajes de *Entre redes* son producto de nuestro tiempo, son dramas y problemas que surgen con naturalidad de la pluma de Castrillón Gómez, quien sabe bien lo que es trabajar y crear entre redes.

Entre redes es la historia de Jota, un aspirante a escritor que ve en las redes sociales la oportunidad de hacerse conocer antes de escribir su primera obra, sin darse cuenta de que al comenzar a vivir una vida paralela les estará abriendo la puerta a otras «doblesvidas». En *Entre redes* las víctimas y los victimarios se intercambian y se confunden, porque nadie tiene claras ni siquiera sus propias intenciones.

Luis Alejandro Ordóñez
Escritor
laoficinadeluis.com

NOS VEMOS ENTRE REDES

Te invito a que vivas una experiencia expandida de esta novela en el ámbito digital:

- Ingresa a alexandracastrillon.com/entreredes para descargar material complementario a la novela.
- Sígueme en Instagram, mi usuario es @acastrillon y allí comparto de manera habitual contenido sobre mi trabajo y mi vida como escritora.
- Comparte en tus redes sociales imágenes del libro o extractos de su contenido, usa el *hashtag* #LibroEntreRedes y etiquétame en tus publicaciones, mi usuario es @acastrillon tanto en Instagram como en Twitter.
- Contáctame en cualquier momento. Mi correo electrónico es alexandra@alexandracastrillon.com.

PARTE 1: JOTA

1

Odio la clase de las siete de la mañana. Especialmente la primera clase del semestre. Y aún más la primera clase para estudiantes primíparos, esos que piensan que literatura es una materia de relleno y que van a aprobar fácil. Llego diez minutos antes, cuando todavía está oscuro y hace el frío de julio en Bogotá. En Queenstown es media noche y Claudia seguramente apenas está acostándose.

Ojeo el programa académico fingiendo que no me importan los estudiantes que van entrando, ni siquiera los que saludan. Mientras llegan los identifico y los clasifico. La ventaja de que apenas estén empezando la universidad es que todavía no se conocen y, aunque ya es miércoles y esta no es su primera clase de la semana, no veo grupos todavía.

Bueno, aquí están. Treinta y dos estudiantes, faltan cuatro. Escribo mi nombre en el tablero (escucho risas) y debajo mi correo electrónico. Les explico el contenido de la materia, las fechas de los exámenes y los trabajos que tendrán que hacer. Odio presenciar su manía de revisar el celular constantemente, esa ansiedad con la que creen que si se desconectan noventa minutos van a perderse de algo importante. En Queenstown Claudia y yo pasábamos tanto tiempo haciendo cosas de verdad que me siento incómodo desde que volví, sintiendo que la gente se preocupa más por los «Me gusta» en sus publicaciones que por las personas que tienen enfrente.

Siento nostalgia por el ritmo con el que se vive en Nueva Zelanda. Perder el interés por las redes sociales fue lo mejor que nos pasó a Claudia y a mí, además de ver el lago Wakatipu durante horas y admirar el paso de las estaciones sobre las montañas.

Detesto ver a estos *centennials* fingir que toman notas en el celular cuando en realidad lo único que hacen es deslizar la pantalla con el pulgar en un acto casi mecánico. Miro el reloj y todavía queda más de media hora para que se termine la clase. Les hablo de las lecturas recomendadas y de los horarios en los que voy a atenderlos.

—¿Alguna pregunta?

Silencio.

Una estudiante con el pelo desordenado levanta la mano desde la segunda fila.

—¿Cuál es su usuario? —me pregunta mientras mira el celular.

—¿Mi qué?

—Su usuario. Lo busqué en Instagram para etiquetarlo en una historia y no lo encontré —responde mirándome con los ojos más negros de la clase.

—No uso redes sociales.

Mi respuesta los sorprende y por primera vez hay algo de interacción en el grupo.

—Bueno, ¿qué tal si cada uno comparte cuál es su libro favorito? —continúo intentando recuperar el hilo de la clase.

Completo silencio. Un par de minutos después la misma chica levanta la mano.

—¿En qué plataforma quiere que respondamos?

—¿En qué plataforma?, pues acá mismo, ¡hablando! —le digo un poco desconcertado por la pregunta.

Esta vez en lugar de susurros hay comentarios que no logro entender hasta que un chico, con contextura de hobbit, interviene desde la parte de atrás del salón.

—Profe, yo ya monté un formulario para que respondamos. ¿Lo comparto?

Todos voltean a mirarlo con gestos de aprobación y agradecimiento.

—No, no. Quiero escucharlos. Si no hay voluntarios, empecemos en orden. Cada uno diga su nombre y cuál es su libro o autor favorito.

Los escucho hablar con el mismo desgano con el que ellos se expresan mientras tomo nota de títulos que, en su mayoría, jamás he escuchado.

—¿Germán qué? —interrumpo a una pelirroja que habla con más emoción que los demás.

—¡Pues el *youtuber*!

—Ah, por supuesto.

Me siento aliviado cuando se termina la clase. En la cafetería busco los títulos que desconozco de la lista y me doy cuenta de que la mayoría son libros de *influencers* o textos de superación personal, pero también descubro que un par de ellos son inventados. Voy a comprarme otro buñuelo con café. Estoy desarrollando una obsesión por esta masa de queso salado, huevo y harina de maíz y yuca que tantas veces intentamos copiar al otro lado del mundo, cada vez con peores resultados. «Es porque acá no se consigue el queso costeño», decía Claudia, y aunque intentamos todas las combinaciones posibles y nos acercamos un poco al sabor, jamás logramos la textura.

—Profe… —me interrumpe el proactivo que montó el formulario sin imaginarse que estoy teniendo lo más cercano a una relación sentimental en los últimos meses con este buñuelo.

—¿Sí? —pregunto mientras lo veo sentarse en frente y desparramar sobre la mesa su computador portátil, una tableta y dos celulares.

—Hoy lo mencionaron en muchos *post*. Si quiere le ayudo a crear una cuenta en Instagram.

Antes de que yo diga algo ya está abriendo la aplicación en su tableta.

—No, no. No se trata de eso, yo tengo una —miento—. No quiero que me anden espiando.

—*Stalkeando*.

—*Stal*… eso.

—Pues, profe, yo crearía otro perfil entonces. Al menos así se entera de qué comparten sobre usted.

Se llama Wilfrido, y ahora que lo tengo enfrente noto que es mayor que los demás alumnos; al preguntarle me entero de que tiene veintinueve años como yo. Esta es su segunda carrera y está terminando ingeniería electrónica. Se para a comprar empanadas y trae otro café para mí. Antes de irse me da una tarjeta de presentación de su tienda de repuestos para celular en Unilago.

Pienso que tal vez tiene razón y debería crear una cuenta en Instagram. Era la red social favorita de Claudia, pero a mí siempre me ha parecido demasiado superficial, un lugar para mostrar una perfección que no existe. Creo que mi barba tupida (que aprovecho para disimular los cachetes), mis cejas muy pobladas, mi pelo enredado y, en especial, mis gafas (en las que siempre se ve el reflejo del celular), no son una ayuda para que alguien quiera seguirme. Ya en el apartamento, ensayo tomándome un par de fotos. De medio lado me veo fatal, no logro ni siquiera enfocar bien la imagen. Si sonrío me sale una especie de mueca y si no sonrío me veo como un cuarentón.

Además, tengo que encontrar una solución para conectar con los estudiantes; a la mayoría les llevo solo diez años y me preocupa que parezcan varias décadas de diferencia. Tal vez lo mejor es moverme en terreno conocido, y aprovecho que no tengo mucho trabajo para retomar la única red social que he usado en la vida.

Viernes, siete de la mañana. Amaneció lloviendo y camino a la universidad escuché en la emisora que hoy hubo heladas en la sabana. Llevo cuarenta y cinco minutos hablando sobre la importancia de la realidad en la ficción. Sé que no solo bostezan por el frío y el madrugón.

—Bueno, veamos algo más práctico. ¿Cuál es la tendencia del día en Twitter?

Los estudiantes parecen abrir los ojos por primera vez en el día. Se miran sin entender a qué va mi pregunta, puedo sentir la desconfianza para contestar. Tomo mi celular y abro la aplicación; la había utilizado bastante en mis años de periodista, y en los dos días que llevo poniéndome al día me doy cuenta de que, a pesar de algunos cambios, lo fundamental sigue igual. Antes de que alguien responda, escribo en el tablero.

#ConciertoRadiónica2017

#GoTS7

#YoApoyoAUribe

—Tienen veinte minutos para encontrar su tuitero favorito, analizar sus últimos contenidos y explicarme qué de lo que publica es realidad y qué es ficción.

La concentración con la que ven los celulares no tiene explicación. Algunos inclusive toman notas. Les aviso que faltan cinco minutos y parece que están haciendo la tarea más importante de su vida.

—¿Alguien quiere compartir su análisis? —pregunto con poca expectativa.

Una docena de manos se levanta, señalo a un chico con gafas enormes quien camina hacia la parte delantera del salón y hace una rápida presentación en la que explica que el cien por ciento de lo que publica la persona que eligió es falso.

—¿Cómo llegaste a esa conclusión?

—Pues, profe, yo le pillé el perfil en todas las redes: en Twitter, Instagram, Facebook y más o menos era lo mismo, ¿sí o qué? Ah, pero cuando me salió en LinkedIn vi que en realidad no es una maquilladora profesional sino una empleada de banco.

Risas.

—¿Algún caso similar?

Cinco estudiantes levantan la mano.

—¿Alguien que sea cien por ciento real?

Dos manos arriba.

—Bueno, hoy se nos acabó el tiempo, pero vamos a seguir por esta línea en la próxima clase. Cada uno tiene que encontrar una persona cien por ciento real y otra completamente falsa. Nos vemos el miércoles.

¡Gané la batalla! Wilfrido me hace un gesto de aprobación al despedirse mientras yo me pregunto qué pensaría mi papá si llega a saber lo que acabo de hacer. Me borro la sonrisa triunfal al darme cuenta de que tendré que cambiar todo el plan del semestre.

Me gusta mi nueva esquina en la cafetería. Tres buñuelos después, deja de llover y decido caminar hasta mi casa. Los charcos que deja la lluvia en el andén son la pesadilla de cualquiera en Bogotá. Voy caminando y, sin importar qué tan cuidadoso sea, piso una baldosa medio suelta y detono una bomba de agua negra. Los bogotanos aprendemos a caminar como si estuviéramos en un campo minado del que es casi imposible salir invicto. Aun así, extrañaba caminar en mi ciudad y, especialmente, andar por la Séptima. No hay edificios impresionantes, ni parques tranquilos, ni almacenes con vitrinas interesantes, pero me gusta sentir que es mi calle y saber más o menos qué esperar en cada esquina. Era más bonita hace años, pero soy de los que prefiere «malo conocido que bueno por conocer».

Me paro afuera de una de las tiendas de instrumentos de la Cincuenta y seis a mirar las guitarras y noto que algo se mueve entre la basura en un rincón del andén. Estoy listo para ver una rata salir, pero escucho unos gemidos. Me acerco con cautela, el olor es asqueroso. ¿Y si fuera un bebé? Me congelo pensando en la idea. Aunque mi mamá siempre dijo que a mí me encontraron en una iglesia, la sola idea de que ese bulto que apenas se mueve pude haber sido yo me hace temblar y me siento indefenso. Me abrazo instintivamente y sé que estoy a punto de llorar cuando veo una cola salir en medio de los desperdicios.

—¡Es un perro! —digo aliviado y mirando alrededor, como si alguien estuviera escuchándome.

Agarro un palo que hay cerca y muevo la basura. Intento descifrar de qué raza es, ver si tiene una placa con su nombre o un teléfono de contacto. Me mira desafiante y parece que usa sus últimas fuerzas para mostrarme los dientes. Me aparto un poco y lo único que tengo claro es que es un perro criollo: una mezcla de todos los que lo precedieron que hace imposible clasificarlo en una raza concreta.

—Tranquilo… tranquilo —le digo mientras me acerco lentamente.

Decido que, si no tuvo pasado, al menos va a tener un futuro. Abro la mochila, saco un paquete de galletas y le acerco una al hocico dándole el último empujón con el palo. La olfatea; no la prueba, pero al menos ya no me reta. Me acerco un poco más, me agacho y mis dedos quedan a pocos centímetros de su cabeza. Cierra los ojos y me parece que suspira. Puedo ver que tiene la piel muy irritada pero no se ve herido. Me quito la chaqueta y lo envuelvo mientras le hablo en un tono suave. Recuerdo que hay una clínica veterinaria por la Sexta y camino evitando la lluvia que empieza de nuevo.

—¿Cómo se llama la perra?

—No sé, la acabo de encontrar ahí abajo. —Soy consciente por primera vez de que es hembra.

—Ya. Hay que ponerle un nombre para el registro. Y tiene que pagar por adelantado.

Me da rabia que la recepcionista piense que voy a dejar a la perrita abandonada, y aunque quiero gritarle sé que enojarme no va a mejorar las cosas.

—Mmm… Maia, se llama Maia.

—Okey. Llene este formulario. El depósito son doscientos mil pesos, y si el doctor piensa que es más le aviso.

Le paso la tarjeta de crédito sin dudarlo mientras siento a Maia temblar contra mi pecho. Yo también estoy temblando. En el papel preguntan la fecha de nacimiento del perro, la recepcionista la mira, calcula que tiene un año y comenta que se nota que no nació en la calle. Me quemo por dentro. Alguien la puso ahí. Alguien tuvo a esta perrita en su casa y decidió que ya no la quería más. Alguien la sacó a la calle y la abandonó.

Entro en un pequeño consultorio. Pongo a Maia sobre la mesa metálica y, aunque sigue temblando, siento que entiende lo que está pasando. Llega el veterinario, la revisa y le pone las vacunas de rigor. Parece que está desnutrida y tiene una alergia en la piel, me recomienda una crema, unas pastillas, un desparasitante y seguimiento en una semana si no pasa nada raro antes.

La recepcionista, ahora más simpática, me habla de una marca de comida premium para que la perrita se recupere pronto, un suplemento multivitamínico, recipientes para la comida y el agua, una correa con una placa que se puede personalizar de una vez con mi teléfono y una cama de tela antialérgica. No puedo llevarme todo eso caminando y me dice que lo enviará a domicilio en máximo dos horas.

Nunca he tenido un perro, ni otra mascota. En realidad, lo más cerca que he estado de ser responsable de otro ser vivo es de un cactus que me regaló una ex cuando me fui a vivir solo y se murió en menos de dos meses. «¿A quién se le muere un cactus?», me reclamó en medio de todos los gritos cuando terminamos.

Llegamos al apartamento y le muestro a Maia el lugar, como haría con un amigo. Todo lo que tengo es nuevo así que por donde pasamos le advierto que no puede subirse ni morder los muebles, rasgar las cortinas ni orinarse en nada.

—Aquí está la cocina. Ya sé que se ve bastante minimalista, pero casi no me gusta cocinar. Vamos a poner tus cocas en esta esquina. —Lleno una con agua y la dejo en el suelo.

Después de que toma un poco le muestro el estudio, mi lugar favorito del apartamento con la biblioteca enorme que compré, en la que planeo colocar mi colección de libros y, finalmente, mi cuarto, en el que pondré su cama a los pies de la mía, debajo del televisor.

El fin de semana que debo aprovechar para ponerme al día con el nuevo enfoque que quiero darle a «Introducción a la literatura» termino dedicándolo a Maia: limpiándole la piel y aplicándole crema, sacándola a dar paseos cortos varias veces al día con la esperanza de que aprenda a orinar y cagar en el pasto, leyendo un libro sobre cómo adiestrarla que compré en la Librería Central y limpiando pipí y popó dentro del apartamento. Terminamos haciendo la siesta juntos en mi cama (aunque la primera regla que pensé fue justamente que fuera territorio vetado para ella).

Rápidamente me gano su confianza, se da cuenta de que quiero cuidarla y consentirla. Mientras la acaricio apoya su hocico sobre mi pierna; me acompaña cuando me siento a revisar una caja de cuadernos que tenía guardada mi mamá, pensando que habrá algo bueno que pueda trabajar un poco y publicar. La decepción llega rápido. Encuentro los poemas que le dediqué a Claudia cuando empezamos a salir y los cuentos que escribí mientras estaba en la universidad. Busco en el computador el respaldo con los archivos de Nueva Zelanda, y la mayoría son historias nostálgicas sobre Bogotá que al leerlas me parecen ridículas: la ciudad no es tan alegre como la recordaba, la gente no es tan amable como decía y la comida... no es tan deliciosa.

Repaso la lista de libros favoritos de mis estudiantes. Si antes pensaba que ser escritor estaba fuera de mi alcance, ahora confirmo que es imposible. Hace unos años alguien con talento y disciplina podía llegar a ser exitoso en la literatura, ahora (además) hay que dominar las redes sociales y tener una personalidad cautivadora. Con frustración tiro los cuadernos a la basura y borro la carpeta del computador. Maia me mira intentando entender lo que pasa y me lame la mano cuando dejo de acariciarla. Yo no tengo la pinta de esos *influencers*, ni su facilidad para hacer videos, ni miles de seguidores dispuestos a comprar cualquier cosa que venda. Después de odiarlos por un buen rato se me ocurre una idea: ¿y si pudiera crear a un escritor como quien inventa un personaje? Abro una nueva presentación en el computador y escribo el título: Proyecto Alter Ego, creando a un escritor.

2

@jotaescritor es un hombre de aproximadamente treinta años, bogotano, soltero, que sabe enamorar con las palabras, encantar con su elegancia y disfrutar de la buena vida.

¿Podría ser más distinto a mí? Sonrío imaginando cómo será tener una vida así. Debo trabajar en características más concretas. Ningún buen personaje es perfecto.

Es el más popular en los lugares a los que llega. Sus amigos lo odian en secreto y las mujeres saben que, aunque está bien para pasar un buen rato y disfrutar de sus atenciones, no es el hombre del que vale la pena enamorarse. Sus fiestas siempre son las mejores, todos se sienten complacidos y jamás descuida ningún detalle.

¿Cuál es tu lado oscuro, mi querido @jotaescritor?

Su mayor prioridad es mantener el estatus y seguir ascendiendo en popularidad. No soporta la crítica negativa y necesita la aprobación de todos para ser feliz.

Al finalizar la siguiente clase, le pido a Wilfrido que me ayude a entender cómo funcionan las redes sociales, con la excusa de actualizar el programa académico. Después de varias sesiones en la cafetería en las que con mucha paciencia me explica lo más importante de cada una, decido crear el perfil de @jotaescritor en Instagram: en Twitter estaría demasiado expuesto a la crítica y terminaría abandonando pronto; en Facebook necesitaría amigos de verdad y compartir cosas personales;

en Snapchat y YouTube tendría que subir contenido más elaborado y no estoy dispuesto a complicarme tanto.

Sí, Claudia, caí en la trampa de Instagram. Cuando llego al apartamento busco en la plataforma si ya existe una cuenta con ese usuario y doy un grito de emoción al ver que está disponible; Maia se despierta y toma agua. En el archivo voy agregando imágenes que me sirven para ambientar la vida de mi personaje. Imagino que publicar fotografías de alguien que no existe es muy complicado, por eso @jotaescritor será de los que comparten frases. Comienzo por editar la información de su perfil: en el nombre simplemente escribo «Jota» y en la presentación «Un #escritor con ganas de contarle historias al mundo.» Busco una imagen en Google y, por el momento, elijo una máquina de escribir.

Me quedo mirando la cuenta con cero seguidores y me da risa haber pensado que este experimento puede funcionar. ¿Quién va a seguir a alguien que no conoce? Mi emoción inicial va perdiendo fuerza cuando, después de consultar el perfil varias veces al día, la cantidad de seguidores sigue siendo cero, y decido dejar a un lado esta idea de las redes sociales. Antes de apagar el computador recibo un correo electrónico de Claudia con la información de un concurso de cuentos y me alegra no haber bajado la basura con el reciclaje al sótano para rescatar mis cuadernos.

El concurso se ve bastante prometedor. Elegirán diez cuentos y el premio para cada uno es de dos mil dólares. El tema es libre y tengo tiempo de sobra para presentarme. Me hace feliz saber que ella todavía piensa en mí. Que vio esa convocatoria y se tomó el tiempo de mandarme la información. Por primera vez en todos estos meses sé que le importo, aunque estemos a miles de kilómetros de distancia, y siento tanta alegría que Maia aprovecha para que le rasque la barriga mientras está acostada sobre su lomo.

Mi vida con Claudia fue una montaña rusa. Nos conocimos en el Hay Festival del 2013 en Cartagena. En esa época yo escribía artículos para una revista cultural que ya no existe y ella trabajaba en una agencia de relaciones públicas. El primer día nos cruzamos en varios eventos y casi todas las noches éramos los últimos en el salón de prensa del Sofitel. Me había embarcado en el proyecto de escribir un artículo sobre Mario Vargas Llosa que era el invitado ilustre del año, pero lo único que logré retratar con cierta originalidad fue su disgusto, con un gesto casi imperceptible, cuando el alcalde y el gobernador se tomaron casi veinte minutos de su conversatorio con Carlos Granés para hacerle un homenaje. El centro de convenciones estaba prácticamente lleno y entre los asistentes empezaron a escucharse voces de rechazo que fueron subiendo de tono hasta convertirse en chiflidos debido a que lo interpretaron como un acto de politiquería. Hubo lectura de decreto, banda, escudo y, por supuesto, una foto oficial para los periódicos al día siguiente.

Claudia era la coordinadora de la agenda de los escritores internacionales y, cuando supo que yo había confirmado pocas entrevistas, me ayudó a abrir un espacio con la mayoría de ellos: a la hora del desayuno, mientras se desplazaban en el trayecto al aeropuerto o si había algún cambio de último minuto en la agenda me llamaba para ver si estaba disponible. Era una mujer encantadora, sonriente, con un semblante exquisito y un carisma cautivador que lograba coordinar con una destreza incomprensible para mí los detalles casi infinitos de los invitados más importantes del Festival. Aunque se había venido a vivir a Bogotá para estudiar en la universidad, era cartagenera y eso le daba ventajas como conocer la mejor ruta para ir de un lugar a otro, recomendarle a Francesca von Habsburg restaurantes que no la defraudaran, mantenerse impecable a pesar del calor y la humedad, conseguir un sastre que arreglara un pantalón que le quedó demasiado largo a Eurig Salisbury, sugerir las mejores artesanías a Herta Müller que quería llevarse un recuerdo local colorido (cosa que nos sorprendió a todos) y seguir imperturbable pasada la medianoche como si acabara de levantarse de una siesta reparadora.

Aunque (con honestidad) lo que más me atraía era su pelo completamente blanco que resaltaba su piel bronceada y el pintalabios rojo que no entiendo cómo mantenía impecable todo el día. En definitiva, me gustó desde el primer momento. Los vestidos que usaba no ayudaban a mi concentración: lograba verse elegante y sensual al mismo tiempo, solía llevar los hombros descubiertos y faldas de vuelo ligero que me rozaban cuando se acercaba a mi oficina improvisada en una de las mesas del salón.

—Me pareció ver a tu hermana gemela —le dije en broma cuando regresé al hotel después del conversatorio sobre Flaubert, asombrado al notar que ella, que estaba con varias personas a la salida del teatro, llegó primero a pesar de sus sandalias de plataforma de varios centímetros.

—¿Qué? —respondió con una palidez que no le había visto— Eso... eso es imposible.

Pensé que se refería a que no había otra mujer que tuviera su figura o su sonrisa, pero lo que me contó me hizo pasar de la atracción al amor en cuestión de segundos.

—Yo no tengo hermanas, soy adoptada.

«Ella sabe» fue lo que pensé en ese momento. Ella sabe lo que es no encajar en una familia, preguntarte a diario por qué tu mamá te abandonó, intentar ganarte el espacio del hijo propio. No fui capaz de decirle que a mí también me habían adoptado, pero en ese momento me prometí que yo no la iba a dejar nunca.

Ya pasaron tres meses desde que rompí esa promesa y me vine de Nueva Zelanda. Ella todavía piensa en mí y es lo que importa. Pensé que iba a hacerla cambiar de opinión cuando le dije que me venía para Colombia. Que se daría cuenta de que ser directora de atención al cliente en un parque de caravanas no es la carrera de sus sueños. Como tampoco lo fue el periodismo. Ni las relaciones públicas. Ni administrar un spa. Me consuelo pensando que mi mamá tiene razón y que en realidad fue ella quien me abandonó. Me cambió por un proyecto tras otro mientras nuestra relación se desmoronaba. Me dejó regresar sin intentar retenerme. Odio saber que sigue allá en lugar de venir a buscarme. Me da rabia amarla tanto. Saber que todos los días me imagino que regresa a Bogotá, que se enamora de Maia, que salimos a pasear los tres, que nos pasamos el fin de semana metidos en la cama. Y ella en estos meses apenas me envía la puta información de un concurso de cuentos. ¿Acaso cree que no puedo ser un escritor en regla, cerrar un contrato con una editorial y que me publiquen?

—Perdón, Maia, no quería despertarte, pero es que…

Ya hasta hablo con la perra que es la menos culpable de esto. Abro otra vez la cuenta de @jotaescritor y subo la primera imagen. «Escribir es de valientes». Invento un texto medio cursi, siguiendo los consejos de Wilfrido añado los hashtags apropiados, hago clic en «Compartir» y en menos de diez segundos recibo una notificación: «A **cangrejolector** le gustó tu foto».

¡Ahí tienes, Mona! Hay una Keyla a la que le parece que soy un buen escritor.

Mientras busco algunas cuentas para seguir, veo que a @alwaysbooks y a @danna_angel_ también les interesó mi publicación. Van llegando otros «Me gusta» y antes de irme a dormir ya tengo seis seguidores.

Pasa el primer mes de clases en la universidad y los estudiantes ya no me parecen los estúpidos del primer día. Algunos inclusive han presentado trabajos interesantes, y ayudarlos a conectar las redes sociales con la literatura fue todo un acierto; veo que van identificando los conceptos, aunque el que más aprende de todo esto soy yo. Hay un par de bandos: uno liderado por Wilfrido, quien tiene de su lado a los que están más inclinados hacia los datos y la información; y el otro encabezado por Antonia (la pelirroja), que es la reina de la narración visual, de los videos sofisticados y del contenido en tiempo real.

Para presentar el primer trabajo del semestre se organizaron de esa manera. El grupo de Wilfrido expone un análisis entre los elementos que encontraron que son reales de la vida de un *influencer foodie* y los resultados de las interacciones que recibe en sus contenidos. Su conclusión es que entre más elementos falsos incluye, mejores son los resultados. Muestran, por ejemplo, que las fotos con muchos filtros suelen tener más «Me gusta» en comparación con las que son menos sofisticadas, y que le va mejor cuando sale en ciertas poses que no son nada espontáneas.

El grupo de Antonia centra su análisis de la realidad en la ficción en una recopilación de todos los contenidos del perfil que eligieron, en su caso una modelo *fitness*, mostrando que ha ido ajustando la historia de su transformación hacia una vida saludable de manera sutil, de tal forma que es difícil notar que ya poco de lo que comparte es genuino.

—¿Concluimos entonces que las redes sociales están basadas en historias de ficción? ¿Que cada uno construye la narrativa y los personajes con base en el impacto que quiere lograr en sus seguidores? —pregunto después de que ambos grupos presentan sus proyectos.

—No, profe... ¡tampoco! Mire que, en todo caso, hay cosas que sí son ciertas —responde Wilfrido un poco incómodo por mi generalización.

Les dejo de tarea leer uno de mis cuentos, *Vidas solitarias*[1], para discutir en la próxima sesión cómo trazar la línea entre la realidad y la ficción y cómo aplicar ese mismo concepto en una red como Instagram.

Quisiera contarles a mis estudiantes sobre @jotaescritor para ganar algunos seguidores, pero prefiero mantener mi experimento en secreto, así podré compartir ideas que no sean políticamente correctas, marcar con «Me gusta» las fotos de mujeres sensuales sin tener que conocerlas ni dar explicaciones, debatir en los comentarios de los *bookstagrammers* (una comunidad de lectores que descubrí por casualidad) cuando critiquen mis libros favoritos y, en definitiva, ser el dios que le está dando vida a mi personaje.

Me quedo pensando en todo lo que vimos en clase y me doy cuenta de que tendré que dedicar más tiempo para llevar el perfil al punto que quiero y lograr que una editorial se interese por él. Decido trabajar unos minutos en mi personaje y, aplicando algunas cosas que expusieron los estudiantes, entiendo mejor la dinámica de los seguidores: voy dejando

---

[1] Ingresa a alexandracastrillon.com/entreredes para leer este cuento.

«Me gusta» o comentarios en publicaciones que me parecen interesantes y comparto en las historias algunas frases de otras cuentas que van bien con la personalidad de @jotaescritor.

Maia se acerca. Se me fueron varias horas en este juego. Salgo con ella al parque y aprovecho para dejar cargando el celular que está casi sin batería.

—Cinco seguidores más… ¡No está mal! —le digo a la perrita cuando volvemos al apartamento.

A Maia parecen no interesarle mis estadísticas hasta que regresa a lamerme los talones.

—¿Qué pasa, chiquita? Uy, ¿¡a qué hora se hizo de noche!?

Es una perra inquieta e inteligente. Baja las orejas y abre mucho los ojos cuando quiere más comida. Sabe que me enojo cuando la veo mordisqueando los muebles (especialmente la biblioteca que sigue casi vacía) y se sienta en las patas traseras moviendo la cola sin parar. Me persigue por todo el apartamento, inclusive cuando voy al baño, y hace un gemidito si voy a salir y no le he puesto la correa deduciendo que no la voy a llevar.

3

La vida de *influencer* es más complicada de lo que pensé. Además de las explicaciones de Wilfrido, he visto decenas de videos sobre cómo incrementar los seguidores, trucos para crear la publicación perfecta, estrategias de *hashtags*, análisis de estadísticas… y en las últimas tres semanas no he logrado subir significativamente mis seguidores, a pesar de que le dedico varias horas al día a esta mierda.

¡Tres semanas! ¿Cuándo cierra el concurso de cuento? Puta vida, el plazo era hasta ayer. ¿Será que le escribo a Claudia para agradecerle? No, no voy a darle el gusto. Cuando vea mi novela publicada sabrá que no necesitaba andar mendigando premios para lograr mi objetivo.

A **marcelinda90** le gusta tu publicación.

Ooookeeeeey, Marcelinda, parece que te gustan todas mis fotos. Déjame ver tú qué publicas. Bueno, definitivamente a mí me gustan… tus tetas.

—Esta paisita está muy buena, Maia. ¡Seguir inmediatamente!

marcelinda90 comenzó a seguirte.

Ojalá el amor fuera como en las redes sociales. Un corazón por aquí, otro por allá. Pero no. Uno se enamora y termina yéndose al otro lado del mundo para darle gusto al otro. Claudia no era feliz en Bogotá, se sentía asfixiada, el frío le parecía horrible, necesitaba vivir al lado del mar. Nueva Zelanda siempre fue el país de sus sueños. «Imagínate despertar rodeado de paisajes como los de *El señor de los anillos*». Yo le decía que el noventa por ciento del paisaje lo hacían por computador, pero ella, decidida a verlo con sus propios ojos, pasaba horas buscando formas de irnos hasta que encontró una revista que buscaba un redactor y un fotógrafo para un trabajo temporal.

—Listo, con esto tenemos —me dijo extendiendo sobre la mesa del comedor una decena de formularios que debíamos llenar.

—Pero, Mona, ¿cómo voy a ser redactor de una revista en inglés? Y fotógrafo, menos.

—De las fotos me encargo yo; cero rollo. Y tu inglés es bueno, *no worries*. Además, ¿cuál es el problema? ¿No andabas quejándote de tu trabajo y con ganas de hacer algo distinto? ¡Nojoda!, ¿qué quieres ser realmente?

—Pues...

—Mientras piensas, ¡serás redactor de una revista!

Contra todo pronóstico, nos aceptaron. Claudia cerró el spa y con eso compramos los tiquetes aéreos. Llegamos a un hostal en Auckland que valía tanto como un hotel de lujo en Colombia. Mi cuerpo estaba completamente descuadrado por las horas de viaje y por el cambio de horario. Bogotá - Lima - Santiago - Sídney - Auckland. Veintidós horas y veintinueve minutos. Ella, como siempre: en su punto y perfecta. Durmió sin descaro acurrucada en las sillas estrechas de los aviones mientras yo sufría por las piernas entumecidas. No pude pegar el ojo en ninguno de los vuelos. Llegamos y me sentía como un zombi. Con sueño de día y desvelado en la noche. No me provocaba comer nada y tuve dolor de cabeza una semana entera. Me convenció de que debía obligarme a vivir con el nuevo horario y dábamos paseos a pie por el centro de la ciudad de los que mi único recuerdo son las fotos que ella tomó.

Todo me parecía carísimo. La gente era amable pero fría. Hablaban un inglés incomprensible. En los folletos que nos dieron en la oficina de información turística mencionaban casi cincuenta volcanes en la ciudad, pero yo solo veía unas montañitas minúsculas del color verde de La Comarca. Era pleno verano y había días que me recordaban a Bogotá: cielo azul sin una nube y un frío que parece que sale de los huesos. La segunda semana fue menos dura y estuvimos en la oficina de la revista firmando los papeles y recibiendo la inducción. Había gente de varios países, el contenido lo publicaban en siete idiomas distintos y tenían ediciones impresas para Australia, China, Estados Unidos, Reino Unido y Alemania. Lo que pensé que era mi desventaja resultó ser el motivo por el que me contrataron: querían un redactor en español para empezar a atraer al público hispano.

Con el contrato firmado y una carta de la empresa pudimos alquilar un apartamento de treinta metros cuadrados por mil quinientos dólares al mes. Con esa plata en Bogotá nos habría alcanzado para vivir en el Chicó o para una casa en Cajicá.

—No te quejes tanto; deja de convertir todo a pesos —me decía cada vez que yo abría los ojos por el costo de las cosas.

En menos de una semana ella estaba adaptada mientras que yo, en los dos años y pico que estuve allá, nunca logré sentirme completamente a gusto. Yo era de los que pensaba que bastaba con estar enamorado para superar cualquier dificultad, pero vivir sintiendo que mi hogar estaba a muchos kilómetros (a más de doce mil kilómetros en línea recta) me hizo darme cuenta de que no podía vivir un sueño ajeno; esa era la vida que Claudia quería, no la que yo quería.

Y ahora tengo a @marcelinda90 dándole corazones a todo lo que publico. Es una mujer muy hermosa que sube muchas selfis en diferentes lugares de Medellín. Incluso va con frecuencia a un café que descubrí la última vez que estuve allá en la fiesta del libro. ¿Será soltera? A ver… En el último mes solo ha subido dos fotos acompañada y en ambas sale con mujeres (bellísimas como ella) y de fiesta.

Antes de dormirme veo una foto en la que está acostada sobre la cama, boca abajo, apretando la almohada con los brazos y las piernas, mirando fijamente a la cámara y con un texto que dice «Odio las noches de insomnio pero no estás aquí». Aunque son casi las tres de la mañana soy incapaz de dejar pasar esa frase mal escrita: «Odio las noches de insomnio, en especial cuando no estás aquí» le escribo corrigiéndola.

A **marcelinda90** le gustó tu comentario.

Casi de inmediato empezamos a hablar por mensajes directos.

> También estás desvelado?

> No, estaba leyendo, pero ya me voy a dormir.

> Que sueñes con los angelitos entonces :)

Si redactara bien y tuviera buena ortografía sería la mujer perfecta. Maia nota mi felicidad y me persigue dando saltitos hasta la cama para acostarse conmigo. Me quedo dormido pensando en su pelo negro, liso, un poco más abajo de los hombros. En su cara de facciones redondeadas y llena de pecas. En su cuerpo bien proporcionado, aunque según ella extraña el abdomen marcado de hace algunos años y nunca ha tenido el culo perfecto.

Desde hace varias semanas lo primero que hago cuando me despierto es abrir Instagram, y hoy no es la excepción. A veces se me van los minutos embelesado, viendo su primera foto de la mañana, la del ritual de todos los días, posando frente al espejo, con la boca un poco abierta, una de las manos revolcándose el pelo y dejándome ver (y a sus otros 63 428 seguidores) una tanga negra muy provocativa y una camiseta blanca, que apenas le cubre las tetas, con un letrero que dice #hechaenmedallo. Es la perfección hecha mujer y yo estoy pensando en un mañanero ahora que me duche. Toma tu corazón, mamacita, y si quieres toma el mío también.

—No me mires así, Maia, es hora de que conozcas mi lado morboso cuando estoy completamente embobado.

En el grupo de WhatsApp de los amigos del colegio no se cansan de hacer bromas ni de inventar ideas estúpidas para ayudarme a volver al ruedo, pero al final el único que toma acción y concreta es Gregorio, que hoy viene a mi casa para enseñarme a usar Tinder.

Pido una pizza, compro cervezas y después de hablar pendejadas un rato descargo la aplicación en mi celular y él empieza a guiarme.

—¡Marica, no puede subir esa foto al perfil!

—¿Por qué? No me veo tan mal.

—¡Pero está con Claudia! No puede ser tan *loser, bro*.

Después de repasar todas las fotos, concluimos que no tengo ninguna que sirva, elegimos una en la que salgo con gorra y gafas y otra en la que estoy con Maia en el parque.

—Las viejas se derriten con esto.

—¿Y ahora qué sigue?

—Empecemos poniendo unos filtros en el buscador, y si no cae ninguna que le guste ampliamos el rango.

Me enseña que puedo limitar los resultados para que solo salgan mujeres a cierta distancia (veinte kilómetros me parecen razonables) y de cierto rango de edad (de veinticinco a treinta y cinco años).

—Si le gusta alguna, deslice para la derecha. O, mejor dicho, ¿sabe qué, marica?, marque que todas le gustan y listo. Eso es lo que yo hago.

—¿Pero la idea no es encontrar una que sí me guste? —le pregunto sin entender.

—¡No vamos a ponernos con bobadas! Usted lleva muchos meses sin comerse a nadie.

Pues sí, ¡pero tampoooco! No me he acostado con nadie después de Claudia, pero no me suena la idea de irme a tirar con cualquiera.

—¡*Match*! —grita como si se tratara de un bingo mientras me paro por otra cerveza—. Aquí hay una que ya lo marcó a usted también.

—¿Qué le digo? —pregunto quitándole el celular; para mi fortuna la vieja está buena.

—¿Cómo que «qué le digo»? Por ahora no le diga nada. Espere un par de días para dejarla picada.

Antes de irse me da unos consejos adicionales: «Nada de pensar que va a conocer por ahí a la mamá de sus hijos. Ignore a las que le hablen primero; eso es de desesperadas. Descarte a las que en la biografía digan que solo buscan "relaciones serias"».

Lo acompaño a coger el bus en la Séptima para sacar de una vez a Maia al baño. Al volver me pongo a mirar perfiles hasta que me sale la estudiante de los ojos negros y me asusto tanto que, en lugar de «Descartar», marco «Me gusta». ¡Mariiiiiiica! Llamo a Gregorio, pero no me contesta, busco en internet cómo desactivar la cuenta y termino borrando la aplicación sin haberle hablado ni una vez a la buenona con la que hice *Match*.

En la siguiente clase la estudiante de Tinder se comporta igual que todos los días, y decido que si alguna vez menciona el tema le diré que era parte de mis experimentos para preparar el contenido de la materia, restándole importancia. El coordinador de la carrera me pide que organice un concurso de cuentos y, aunque @jotaescritor ya tiene casi cincuenta seguidores y quiero trabajar en una novela, veo que no tendré mucho tiempo libre; igual, mi meta es llamar la atención de alguna editorial y firmar contrato antes de que se acabe el año para publicar el próximo.

Mientras le cuento todos estos planes a mi mamá, ella y Maia me miran embelesadas. Siempre fue la que más creyó en mí de los dos; si mi papá siguiera vivo estaría dándome un sermón por poner la literatura por encima del periodismo.

—No diga eso, mijo. Él siempre fue muy estricto, pero porque quería exigirle para que usted llegara lejos.

—¡Ay, mamá! Tú defendiéndolo, incluso después de muerto. —Me arrepiento en el mismo instante en que lo digo y le doy un beso en la frente porque sé que hablar de mi papá siempre la pone triste, en especial cuando menciono, aunque sea indirectamente, que no me quería tanto como yo anhelaba.

—Esta perrita está como barrigona, ¿no la habrán preñado? —me cambia el tema bruscamente—. ¿Ya la operó?

¡Mierda!, ¡no la he operado! De la veterinaria me llamaron varias veces para programar la cirugía, pero siempre me daba pereza imaginarme que iba a tener que cuidarla por varios días.

El veterinario confirma que Maia está embarazada. En el ultrasonido se ven seis perritos, aunque para mí es un acto de fe porque la imagen me parece una mancha sin forma. Me dice que le faltan más o menos tres semanas y me explica las señales para que esté pendiente cuando comience el trabajo de parto.

—Pero... ¿no es mejor que la traiga? —pregunto muy asustado de imaginarme todo lo que me acaba de decir.

—Sí, es una opción si usted quiere. La mayoría de la gente lo hace en la casa porque el costo le parece alto, pero obviamente acá podremos cuidarla mejor y garantizar que los perritos nazcan bien.

Al regresar al apartamento Maia me mira con las orejas hacia atrás, como cuando sabe que ha hecho algo malo.

—No estoy enojado, no me hagas esa cara. Solo tengo miedo —le digo mientras ella relaja la expresión y mueve la cola—. Bueno, ahora en serio, ¿qué vamos a hacer con seis cachorros?

Mis amigos no paran de burlarse de que Maia haya conseguido con quién acostarse primero que yo y me tranquilizan diciendo que, publicando la información en redes sociales, es fácil encontrar quién se quede con los perritos. Al parecer hay unos grupos en Facebook especialmente para esos casos. Compro todo lo necesario para estar preparado. El veterinario me dijo que debía dejar los cachorros con la mamá por lo menos ocho semanas para después entregarlos con las vacunas al día y comprometer a quienes los adopten a que los castren y así evitar que el ciclo se repita.

Empiezo a conocer mejor a @marcelinda90. Hay momentos en los que se pone muy reflexiva, no le gusta para nada el presidente ni su partido (¿y a quién sí?), es hincha del Nacional y cuando la critican por subir fotos sensuales se enoja y manda a comer mierda a todas las mujeres que la tratan de puta y robamaridos. Porque, seamos honestos, ningún hombre va a quejarse de ver a semejante mamacita exhibiéndose.

En su biografía dice que es emprendedora y veo que vende vestidos de baño y accesorios que ella misma modela. Me siento protegido detrás de mi identidad de @jotaescritor y, después de que la veo jugar con el perro de una amiga, le mando por mensaje directo una foto de Maia.

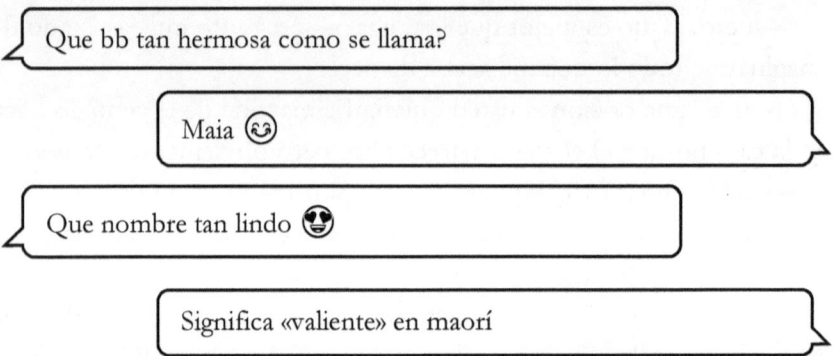

Seguimos hablando un rato; le cuento que Maia está embarazada de seis cachorros y se ofrece a ayudarme a difundir cuando nazcan para conseguirles familia rápido. Me pongo ansioso esperando que me responda, a veces la conversación fluye de inmediato y otras se queda sin hablarme por horas. Cuando llega la noche me manda una foto acostada en la cama de medio lado y tirándome un beso. Me doy cuenta de que no tiene pijama, y si hago el *zoom* suficiente puedo verle una esquina del pezón. Yo solo respondo «Hasta mañana, princesa.» Me arrepiento, pero ella lo ve antes de que pueda anular el envío.

4

Maia pasó toda la noche inquieta, subiendo y bajando de la cama; respira agitada y a veces tiembla. Creo que hoy nacen los perritos. Me alegra que sea sábado, así puedo quedarme con ella y ayudarla. Le preparo una cama en la sala para que esté más cómoda y le hablo para tranquilizarla. Se queda dormida y después de las seis de la mañana la saco al baño, pero en lugar de dar el paseo de siempre se devuelve de inmediato para el apartamento.

> Buenos días 🫣

> Buenos días, linda. Maia está en trabajo de parto. Acá ando ocupado.

> Vale, cuídala mucho y mándame fotos de los bebes.

Me encanta empezar el día con los besos de Marcela. Me escribe antes de publicar su primera historia, y cuando la veo me la imagino despertándose a mi lado. Me manda varios mensajes preguntándome cómo va el parto y yo le voy enviando fotos del proceso. Es impresionante ver cómo Maia hace todo sola: los cachorros salen uno tras otro, cada quince minutos más o menos, ella muerde el cordón umbilical, los limpia con la lengua y ellos instintivamente empiezan a mamar.

Me siento feliz de que todo haya salido bien, y si yo estoy un poco agotado no puedo imaginarme cómo se siente ella. Me mira con una expresión que interpreto como orgullo y después de limpiar me quedo mirando a los cachorros que son negros, nada que ver con su color café claro.

—¿Quién es el papá de estos muchachos? —le pregunto en tono serio.

La frase que digo de manera muy espontánea me queda rondando todo el día. ¿Le pasaría lo mismo a mi papá?, ¿se quedaría mirándome y pensando en quién sería mi verdadero padre? Aunque estoy lejos de tener un hijo y sé que no tiene punto de comparación, desde el momento que vi a Maia supe que podía salvarle la vida al adoptarla y cada día me siento feliz de haber tomado la decisión. Me duele pensar que mi papá nunca lo vio de esa manera, que jamás me trató con cariño, que nunca lo escuché decir «te quiero» o «estoy orgulloso de ti».

Las siguientes semanas son de mucho trabajo: los cachorros exigen atención permanente, tengo que leer los cuentos que van llegando del concurso y paso muchas noches sin dormir. Marcela es muy nocturna; a veces le escribo a las horas menos pensadas y terminamos hablando hasta el amanecer. Vivir sin dormir bien no es vivir y me siento con el *jet lag* de Nueva Zelanda. En las clases me cuesta mantener la concentración y termino haciendo siesta en cualquier momento del día en un intento inútil de recuperar el sueño perdido.

Marcela me comparte fotos cada vez más sensuales y necesito tocarla, acariciar su piel bronceada, recorrer con mi boca cada centímetro de su cuerpo, sentir su respiración agitada, volverla loca de placer. Aunque la idea me da vueltas en la cabeza, el miedo de contarle la verdad sobre quién soy me atormenta porque temo que no quiera seguir nuestro juego si descubre que no soy un escritor, que legalmente estoy casado, que trabajo como profesor en una universidad. Ella es la mujer más transparente que conozco: me dice las cosas como las piensa, sin filtro, me manda fotos recién levantada sin maquillarse y con ojeras, me habla de los problemas que tiene con su papá y hasta me ha pedido consejo cuando un exnovio acosador la busca.

Los perritos cumplen las ocho semanas que sugirió el veterinario antes de todo el trabajo que me espera al final del semestre. Uno de los estudiantes de la universidad les toma unas fotos que parecen de almanaque y, después de publicarlas en un grupo en Facebook, en un par de días consigo quien los adopte. Aunque Marcela se ofrece a ayudarme aprovechando que ya tiene casi cien mil seguidores, le digo que no es necesario porque mi idea es entregarlos en Bogotá, pero en realidad lo que quiero es evitar que sepa cuál es mi verdadero nombre y que vea mi perfil personal. Porque ni siquiera sabe cómo me llamo y mentí sobre mi cumpleaños cuando, después de recibir mi regalo en el suyo, quiso anotar la fecha para mandarme un «detallito». Ahora me doy cuenta de que ese día va a llegar pronto y me da pánico que se acuerde y quiera que le dé mi dirección.

Claudia me escribe. Vio las publicaciones sobre los cachorros y quiere saber si ya los adoptaron a todos. Me pregunto si realmente ese es el motivo, si le hago falta, si pensó en mí el día de nuestro aniversario que acaba de pasar, si está tanteándome, si ya se cansó de Nueva Zelanda, si está pensando en regresar a Colombia para Navidad. Intento leer el subtexto, pero no hay suficientes palabras para llegar a alguna conclusión.

Con ella nada es lo que parece, siempre hay algo más allá de lo que dice. No es una persona manipuladora, simplemente le gusta el juego, llevar la delantera, guardar un pedacito de la información (a veces lo más importante) para tener cómo negociar después. Nunca pude entender si era algo premeditado o si simplemente le fluía de manera natural. Cuando le preguntaba por algún comportamiento de ese estilo me decía sorprendida que no lo había notado, pero sé que le sirvió como periodista, como relacionista pública, como empresaria y para empezar una nueva vida como fotógrafa en otro país. También le funcionó siempre conmigo. Cuando empezamos a salir me sentí cautivado por el misterio que dejaba cuando nos veíamos y, en especial, por el que creaba cuando no nos veíamos. Me sentía un investigador que necesitaba descifrarla, y cuando nos casamos pensé que jamás dejaría de sorprenderme.

—Y nunca dejó de hacerlo —le cuento a Maia que en pocos días parece haber olvidado que seis bocas hambrientas la seguían por toda la casa en busca de su leche, y volvió a su costumbre de poner el hocico sobre mis piernas para que la acaricie—. Al contrario, me cansé de no llegar a conocerla nunca.

Me cuesta leer los cuentos de los finalistas del concurso. Sigo pensando en Claudia. Ya es temprano en Nueva Zelanda y decido responderle.

> Sí, afortunadamente ya los ubiqué a todos.

> Ah, qué lástima. Me habría gustado uno para mí.

Me quedo mirando la pantalla sin entender ni una palabra.

> ¿Cómo así?

No me vuelve a responder. Siento que acaba de caerme una bomba atómica. Paso la noche sin dormir, revisando el celular cada pocos minutos para ver si me ha escrito. Marcela me ve conectado a las tres de la mañana y le digo que estoy trabajando en una propuesta para una editorial. Me manda una foto con un beso de buenas noches y se despide para dejarme trabajar.

Llego a la clase de mal humor, me irritan los estudiantes que no son capaces de escribir un microrrelato que valga la pena, mientras que en mi mente el cuento de horror de Juan José Arreola se repite una y otra vez: «La mujer que amé se ha convertido en fantasma. Yo soy el lugar de las apariciones».

Con un par de frases, Claudia logró desestabilizar mi vida. Quiero que me dé una respuesta directa, que me explique si va a regresar o si por un segundo pensó en la improbable idea de que le enviara un cachorro al otro lado del mundo, pero no hay forma de confrontarla sin perder la dignidad.

Después de revisar en Facebook todos mis contactos en común con Claudia, le escribo a Zarina. Era su profesora de yoga y su polo a tierra; la persona con la que siempre consultaba las decisiones importantes, inclusive antes de hacerlo conmigo. No era extraño que me dijera «Zari opina esto o aquello» aun sobre temas en los que yo tenía una posición completamente diferente. Sin embargo, jamás sentí que estuviéramos en bandos distintos y, aunque no éramos amigos, yo también recurrí a ella un par de veces cuando dudé para tomar alguna decisión. La invito a tomar un café, pero ella propone que vayamos a un *«juice bar»*, y al llegar me sorprendo al ver que es, literalmente, un bar de jugos: hay mesas de colores pastel, papel tapiz con pájaros tropicales, luces de neón con frases inspiradoras y una lista de precios que quintuplica el costo del jugo de naranja con zanahoria que venden afuera de la universidad.

Zarina me hace una señal desde una mesa al fondo del local, en un patio en el que hay un jardín vertical. Al verme perdido con la carta, me recomienda un *shot* de jengibre «que cae bien en estos meses que todo Bogotá se enferma de gripa». Mientras me habla de las últimas novedades de su vida, recuerdo que cuando la conocí me pareció una mujer dulce y ecuánime, pero (a pesar de sus facciones delicadas) con los días me di cuenta de que su carácter de emperadora solía exhibirse imponente cuando daba el consejo oportuno.

—¿Sabes si Claudia se regresa a Colombia? —pregunto directamente sin contarle qué ha pasado en mi vida.

Ella esboza una sonrisa. Seguramente ya sabía que ese era el motivo de nuestra cita.

—Creo que lo está considerando, pero es muy pronto para saberlo. —Me quedo en silencio para obligarla a continuar—. Hace unos días me escribió preguntándome si veía mercado para el *SUP yoga* en Colombia.

—¿Yoga con sopa? —pregunto con una mueca de incredulidad.

—¡No!, no es «*soup*» es «SUP». Es hacer yoga sobre una tabla, parecida a las que se usan para surfear.

—Ah, ¿y qué le dijiste?

—Bueno, claramente no es algo que se pueda implementar en Bogotá, pero podría funcionar en Cartagena o en Santa Marta, especialmente en los resorts a los que llegan extranjeros; hay países en los que es muy popular.

Conversamos un rato sobre el tema, me da una tarjeta de descuento para que vaya gratis a una clase en su estudio que queda en la misma cuadra de la Zona T y al despedirse me vuelve a recomendar que tome jengibre, especialmente en ayunas.

Marcela nota que algo me perturba y, aunque me excuso en el trabajo, se vuelve más cariñosa y atenta de lo usual. Incluso se ofrece a ayudarme y, después de que le envío algunos de mis cuentos, me confiesa que no es una gran lectora y me pide que le recomiende un libro que pueda engancharla para aprender un poco más de lo que hago. La iniciativa me toma por sorpresa y me emociona que se interese en mi trabajo; aprovecho la clase del miércoles para hacer un sondeo sobre los libros que están de moda entre las mujeres del grupo, y después de leer la sinopsis de varios le recomiendo uno de Elísabet Benavent, aclarándole que no lo he leído pero que puede ser un buen punto de partida.

Claudia no se interesó nunca por mi carrera de escritor. Aunque decía que tenía algo de talento para las historias de ficción repetía que lo mío era la crónica y siempre criticaba mis personajes, especialmente los femeninos; «así no somos las mujeres» solía decir señalando todas las cosas en las que me había equivocado. Yo me sentía un pendejo ante sus comentarios. Ella era indescifrable, mi mamá era demasiado plana, mis exnovias habían sido todas completamente distintas, ¿cómo podía saber yo cómo son las mujeres? Alguna vez hasta me dijo que solo debería escribir «historias de hombres», marcando con los dedos las comillas mientras me lo decía, pero nunca supo explicarme a qué se refería.

Ya ves, Claudia, hay alguien que sí cree que puedo ser un escritor. Un gran escritor.

5

El primer día de las vacaciones me despierto bañado en sudor, después de haber soñado con Marcela. Me encargo de la erección. Antes de salir de la cama veo el video que me mandó hace algunos minutos. Está en su baño, de pie, frente a la cámara, con una bata que suelta lentamente mientras me canta el *Cumpleaños feliz*, o, más bien, se lo canta a @jotaescritor, porque el mío fue hace varios meses. Al final queda desnuda y me manda un beso con un gesto pícaro. Hola, segunda erección del día. Sé que el video se va a borrar en cuanto cierre la aplicación y que no puedo guardarlo, así que lo veo tantas veces como puedo antes de que Maia me salte encima para obligarme a que la lleve a pasear.

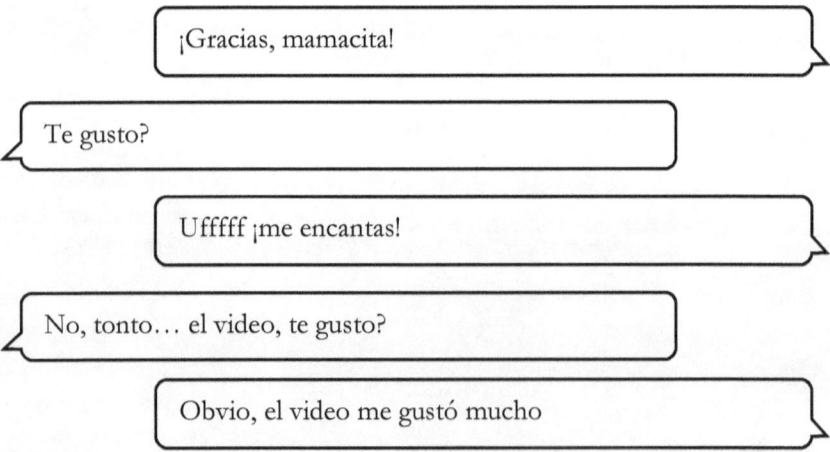

¡Gracias, mamacita!

Te gusto?

Ufffff ¡me encantas!

No, tonto… el video, te gusto?

Obvio, el video me gustó mucho

Renuncié a corregirla; en ocasiones no se entera de dónde van las tildes o los signos de puntuación. Hablamos un rato más en el que me pregunta qué haré durante el día y termino inventando celebraciones con amigos imaginarios. Me escribe varias veces preguntándome cómo va mi cumpleaños y me envía mensajes cariñosos hasta que nos despedimos en la noche, antes de dormir.

Decidí que @jotaescritor, con 318 seguidores, puede empezar a tocar puertas de editoriales y voy a aprovechar los meses de vacaciones de la universidad para organizar una propuesta, aunque no sé si sea mejor una recopilación de cuentos[2] o una novela. A veces no sé si el tiempo que le dedico a Instagram estaría mejor invertido en escribir, pero la gratificación instantánea de los nuevos seguidores, de los «Me gusta» y de los comentarios es mucho más satisfactoria que la incertidumbre de llegar a ser algún día un autor publicado. Los seguidores de @jotaescritor parecen disfrutar de las frases que comparto sobre la escritura y de mis propios textos, nunca muestro mi cara porque no quiero que me puedan reconocer y ahora interactúo mucho con un par de bookstagrammers que están fuera de Colombia: @leeconlaura, que vive en España, y @andreaekmx, que es mexicana.

—¡No me mires así, Maia! Bueno, sí, ya sé que debería estar escribiendo y no obsesionado con subir mi número de seguidores.

Retomo todos esos manuscritos a medio acabar que tengo guardados y concluyo que no hay nada que valga la pena, incluso algunos de los proyectos que presentaron los alumnos en el semestre son mejores que el material que tengo.

Odio la página en blanco. Ese cursor negro parpadeando en la pantalla vacía. Juzgándome. Mirándome como tantas veces me observó Claudia cuando intentaba escribir algo. Cuento las veces que titila y, cuando van más de doscientas, cierro el archivo, subo una publicación a Instagram y me pongo a jugar con Maia. Esta pequeña me salva la vida otra vez.

---

[2] En alexandracastrillon.com/entreredes puedes leer algunos de los cuentos de @jotaescritor.

Días antes de la Navidad, Marcela me cuenta que va a sacar vacaciones y sugiere que nos conozcamos. Me aterra la idea de que venga a Bogotá y sepa quién soy. La historia de Maia es la única sobre la que he sido relativamente honesto con ella.

Me tomo unas cervezas con Gregorio y le cuento mi problema. A él le parece divertido y en cuanto ve a @marcelinda90 en Instagram la sigue de inmediato.

—Mariiiiiica, ¡es una viejota!

—¡Uffff!, no tiene ni idea…. ¿Qué hago?

—Pues que venga y le dice la verdad. Tampoco es tan grave, güevón.

—Pero ella piensa que soy escritor… y nunca le he hablado de Claudia.

—Bah, no pasa nada; ni que cargara con un muerto encima. ¿Y si usted va a Medellín?

—Lo sugerí, pero ahora está viviendo con el papá y al parecer le controla todos los movimientos.

—Entonces lo mejor es que busquen terreno neutral; ni allá, ni acá.

La idea me queda sonando, aunque me da miedo porque mi estilo de vida es opuesto al de ella: ropa lujosa, restaurantes, fiestas, gente hermosa. Nunca hemos tocado esos temas, pero así la veo siempre en las publicaciones y a veces, cuando me habla a altas horas de la noche, me imagino que es porque acaba de llegar de compartir con sus amigos en el sitio de moda en Medellín.

Mi mamá está feliz de que pasemos Navidad juntos después de los años que estuve en Nueva Zelanda. Decora la casa de extremo a extremo. ¡Ni el forro de la lavadora se salva! Este año hizo uno en el que parece que Papá Noel se está metiendo por una chimenea. Organiza novenas con todas sus amigas: las del barrio, las del costurero, las del club de lectura, las de la parroquia, las del colegio, mis tías y mis primas. Es la época del año en la que su agenda está completamente ocupada, prepara un regalo para cada quien y cocina alguna variedad de sus famosas galletas de jengibre, dependiendo de dónde sea la reunión. Con la excusa de que ya no está en edad de salir en taxi, sola y de noche, me programa para que la acompañe a todas las festividades, pero sé que lo que busca es que conozca a alguna sobrina de sus amigas para que me olvide de Claudia.

En la mayoría de las reuniones están las mismas señoras. Son de la edad de mi mamá, no hay niños porque sus nietos ya son adolescentes, tampoco hay esposos porque casi todas son viudas, y la parte más importante de las novenas no son los villancicos sino la copa de vino y el chisme después de las oraciones.

Cuando mi mamá me adoptó tenía 45 años y los hijos de sus amigas estaban graduándose del colegio, por lo que los niños con los que compartí en la infancia fueron principalmente con los que estudiaba y algunos del barrio en el que vivíamos. Me avergonzaba cuando ellos pensaban que mi mamá era mi abuela porque además le salieron canas muy joven y nunca se las pintó. Ella me decía que eso era bueno porque el trabajo de las abuelas era consentir a los nietos y me llenaba de pequeños regalos cada día. Para ella el amor se demostraba con la comida y nunca se detuvo a pensar que darme pasteles, helados y dulces tendría como consecuencia el sobrepeso que sufrí hasta el final de la adolescencia.

En esa época yo no sabía que era adoptado y es un tema del que hablamos poco, inclusive ahora. Nunca supe cuál de los dos no podía tener hijos, pero me parece que ella se echó la culpa y eso la hacía sentir juzgada por los demás y poco merecedora del amor de mi papá. No tengo recuerdos de mis primeros años y enla primera foto en la que salgo estoy con el uniforme de la guardería de doña Luchi. No supe que había sido adoptado hasta los catorce años cuando, sin querer, escuché a mis papás peleando y el tema salió a flote; les reclamé, se pusieron muy nerviosos y mi papá, sin anestesia, me soltó la noticia en la cara. Entendí entonces por qué no había fotos de mi mamá embarazada, por qué mis abuelos me trataban distinto que a los demás nietos e incluso por qué mis primos muchas veces habían usado como frase de matoneo alguna variante de «usted que es adoptado».

Presioné a mi mamá para que me contara la verdad con una corta pero efectiva huelga de hambre. Sacó un sobre que guardaba con una carta en la que «mi verdadera madre» explicaba que no tenía dinero para cuidarme y que Dios la había convencido de no abortar. Según mi mamá, me encontraron en una iglesia, lo que todavía me parece el cuento más repetido de la historia; sin embargo, a pesar de una segunda huelga de hambre, se mantuvo firme y sin más información terminé por aceptar que esa sería la versión oficial de mi pasado. También decidí que la religión no tendría espacio en mi vida y, aunque mi mamá afirmó que sería una etapa de rebeldía por la adolescencia, tantos años después sigo pensando lo mismo.

Estoy agradecido por la vida que tengo y por la familia que me adoptó, pero el vacío de haber sido abandonado no se me llena con nada y siempre hubo algo que me hizo sentir diferente y lejano a mi papá, a tal punto que hoy, con treinta años, sigo cuestionándome quién soy sin encontrar una respuesta que me deje satisfecho.

Por la relación tan estrecha con mi mamá, nunca pienso en mi madre biológica, pero sí me pregunto con frecuencia cómo sería mi verdadero padre. ¿De qué forma me habría tratado? ¿Sería cariñoso o indiferente? ¿Nos pareceríamos? Aunque nadie dudó nunca que yo era el hijo de Carlos Gómez (y con los años creo que físicamente me estoy convirtiendo en él), me gustaría saber cómo era mi padre. Lo que más pienso es en si se sentiría orgulloso de lo que he hecho, de quien soy. No sé si esta inseguridad viene de que no tuve una buena relación con mi papá o si no tuve una buena relación con él porque nunca supe quién quería ser.

Llega el 24 de diciembre y Marcela me llama temprano, emocionada por el regalo de Navidad que le envié: un *charm* (que ella había mencionado varias veces en sus historias de Instagram) para su pulsera. Durante varios días insistió en que le diera mi dirección para mandarme algo, pero la convencí de que nada me hacía más feliz que sus videos, sus fotos o sus audios. Después de darme las gracias mil veces antes de colgar, me pide que le avise cuando me vaya a la ducha para abrir su regalo una vez yo esté sin ropa. El misterio me parece excitante y ni en sueños pensé que me iba a mandar una foto como la que recibí, en la que puedo verla tocándose la vulva con las manos. Me vuelve loco. No hay otra forma de decirlo.

Salgo de la ducha directamente a llamarla, pero no me contesta y, sin pensarlo, le mando un mensaje proponiéndole que pasemos juntos unos días en enero, tal vez al lado del mar. Su respuesta llega a los pocos segundos: ¡Sí! Tengo que ir a Cartagena, ¿nos encontramos allá?

¡Error! Cartagena = Claudia. Enero = Hay Festival. ¿En qué estaba pensando? Obviamente no estaba pensando, acababa de venirme delicioso fantaseando con esa mujer que me fascina y mi cerebro no era racional ni nada por el estilo.

Marcela se va a pasar los últimos días del año en una finca donde no tendrá conexión y aprovecho para planear nuestro encuentro. Antes de irse coordinamos la fecha y yo quedo a cargo de los detalles; la idea es que estemos juntos el sábado y el domingo y después ella se quede para visitar a sus clientes.

Lo cierto es que, aunque iba a Cartagena cada año para el festival o a visitar a la familia de Claudia, nunca me encargué de planear nada y esta vez quiero que todo salga perfecto. Le pido a Keren (con «e»), una amiga que vive en la ciudad y a quien conocí hace unos años en un evento, que me ayude con algunas recomendaciones.

Le sugiero a mi mamá que recibamos el año nuevo en mi apartamento, con Maia, sin tanta parentela. Ella accede con desconfianza, insinuando que nos vamos a aburrir. Estoy dispuesto a demostrarle lo contrario y compro decoración, mando a hacer una cena, selecciono canciones que a ella le gustan para que bailemos y hasta hago un video de fotos familiares con algunos álbumes que encontré cuando fui por mis últimas cajas. Ella accede a todo, se pone la diadema con el letrero de FELIZ AÑO y las guirnaldas de colores vivos. Afirma que disfruta la cena, aunque habría sido más rica si la hubiera hecho ella. Baila conmigo un par de canciones antes de decirme que le duelen los juanetes. En cuanto pongo el video, mira el reloj y me dice que lo veamos después, que tiene que hacerse el baño con champaña y me deja con Maia.

La escucho llorar al otro lado de la puerta. La bolsa con la botella de vino espumoso, las velas y las hierbas sigue en la mesa de la cocina. Toco suavemente:

—Madrecita, ¿todo bien?

Ella calla el sollozo y escucho abrir la llave de la ducha.

—¿Te traigo la bolsa con las cosas para el baño?

No me responde. Después de unos minutos la escucho salir y cuando me asomo la bolsa ya no está en la cocina. Odio darme cuenta de que la hice sufrir. Debí haber previsto que ella todavía no supera la muerte de mi papá. Cuando sale, faltan apenas unos minutos para que sea la media noche, enciende el televisor para que veamos el conteo regresivo en el *Show de Jorge Barón* y ninguno de los dos menciona lo que acaba de pasar. Maia se esconde debajo de la cama cuando escucha la pólvora y mi vieja y yo nos damos el «feliz año» con más nostalgia que esperanza.

6

No pude dormir sabiendo que hoy voy a conocer a Marcela. Sin importar cuántas veces haya anticipado este momento, sigo pensando que ella solo con verme va a descubrir todo lo que le oculté sobre mi vida y la voy a perder para siempre. Gregorio dice que es una estupidez y que no importa, si de todos modos me voy a acostar con ella; pero yo me siento totalmente cautivado por su forma de ser y no quisiera que la cosa se quedara en un polvo.

Mi plan es llegar al hotel antes para hacer el registro, desempacar la maleta y organizar las cosas, ordenar una botella de champaña, dejar sobre la cama los regalos que llevo, darme una ducha, ponerme ropa fresca y confirmar las reservaciones en los restaurantes.

El plan fracasa desde que salgo del apartamento. El taxi se pincha en plena Veintiséis y no llega a tiempo al aeropuerto. Cuando al fin me chequean en el próximo vuelo, después de pagar una penalización que cuesta más que el tiquete original, me doy cuenta de que el celular no tiene batería, no encuentro el cargador y maldigo al recordar que lo metí en la maleta que se fue en bodega. Encuentro en la sala de espera una persona que tiene el mismo aparato y le pido que me preste su cable. Después de unos minutos le marco a Marcela para avisarle que voy tarde, pero la llamada entra directamente al buzón; seguramente está viajando desde Medellín.

No dejo de pensar en ella durante el vuelo ni de imaginar lo enojada que debe estar. ¿Qué va a pensar de mí?, ¿le pareceré atractivo?, ¿seré capaz de contarle que no soy un escritor? Salgo como un loco del avión y cuando llego al hotel la veo sentada en el *lobby* e inmersa en su celular. Me quedo observándola por unos segundos: es más bajita de lo que pensaba, de resto se ve igual a las miles de fotografías que me sé de memoria. Ella me recibe con una sonrisa, nos abrazamos, la huelo con los ojos cerrados y siento por primera vez ese cuerpo que tantas veces he recorrido con la imaginación. Puedo advertir sus pezones en mi pecho y aparto un poco la cadera para que no se note mi erección. Saberla real, tenerla entre mis brazos, escuchar su voz en vivo y en directo, hace que por unos segundos parezca que todo se detiene alrededor. La realidad es mejor que la ficción; todo lo que ella es, en este instante, supera lo mucho que anticipé nuestro primer encuentro.

—Ya sé que la cagué, pero no fue mi culpa —le digo al oído.

—Ay no, tontico, no pasa nada. Intenté hacer el registro, pero me pidieron una tarjeta de crédito y tus papeles —responde mientras se aparta y señala la recepción del hotel.

—Claro… ¡Perdón! Dame tu cédula y yo me encargo de todo.

Descubro que no nació en 1990 como asumí por su usuario en Instagram, sino en 1997. ¡Apenas tiene veintiún años! Mientras caminamos hacia la habitación le cuento lo que pasó y por qué perdí el vuelo. Ella hace gestos de asombro que me parecen algo exagerados, y cuando apenas voy a contarle mi lucha para que me embarcaran en el vuelo me interrumpe para admirar el hotel.

La recomendación de Keren surte el efecto que yo esperaba. Marcela no deja de alabar cada detalle: los hermosos y blancos balcones interiores que contrastan con las paredes de color terracota, los pisos en piedra blanca, las enredaderas escalando por las columnas, la piscina en el patio central de un color azul intenso… y cuando llegamos a la habitación de doble altura con muebles antiguos de colección me dice que se siente como una «princesa».

Quiero besarla y hacerle el amor, pero creo que huelo mal después de todo lo que corrí para llegar, y le pido que me dé unos minutos para ducharme. Cuando salgo del baño la encuentro en el balcón tomándose fotos; tiene puesto un vestido azul claro de flores estampadas que le deja los hombros descubiertos. Me acerco en silencio y la abrazo por detrás; siento el roce de su pelo sobre mi pecho por primera vez. Huele delicioso, como si fuera ella la que acabara de salir de la ducha; tiene la piel bronceada y se ríe por las cosquillas cuando mi barba le roza el cuello.

Se gira lentamente y nos miramos. He visto su cara mil veces en el celular, pero ahora puedo reconocer esos pequeños rasgos que ocultan los filtros de las fotos. Sus cejas son perfectas, las pestañas enormes, tiene más pecas de las que había pensado, la boca es carnosa y provocativa. Ella también me observa con cuidado; cierra los ojos y con las manos me acaricia la frente, las mejillas y la barbilla y pienso que siente lo mismo.

—Eres de verdad —me dice casi suspirando.

Me siento incómodo de que me toque de esa forma, tomo sus manos para quitarlas de mi cara y busco su boca. El primer beso es lento, corto, casi tímido. Nos miramos por un instante.

—Eres de verdad —le digo con una sonrisa, miro el reloj y me doy cuenta de que la reserva que hice en el restaurante se vence en veinte minutos—. ¿Vamos a almorzar?

—Sí… Espera me cambio a la carrera.

Mientras se alista, recuerdo la primera vez que salí a comer con Claudia. Ella me pidió que me vistiera muy elegante y me imaginé que iríamos a un restaurante costosísimo de esos que abundan en la ciudad. En su lugar fuimos a la playa de Manzanillo, donde una prima suya nos había preparado un espacio iluminado con velas en el que había un toldo de telas blancas, unos cojines para sentarnos, una botella de vino, una tabla de quesos y un proyector de video en el que tuvimos nuestro concierto privado de Andrea Bocelli.

Salimos caminando hacia Juan del Mar donde pedí que tuvieran preparada una mesa en la terraza desde la que se ve lateralmente la plaza San Diego. Marcela es más espontánea de lo que yo imaginaba y me siento renacer caminando al lado de una mujer tan hermosa que respira vida en cada paso que damos. Me señala el mundo como si apenas lo estuviera descubriendo, mostrándome los detalles en las puertas, los colores de las flores en los balcones, las sonrisas amplias de las palenqueras. Yo llevaba varios años sin venir a Cartagena y puedo ver el centro histórico muy cambiado, más cosmopolita y organizado. Ella se detiene en las vitrinas y les toma fotografías, recopilando ideas para su próxima colección.

Ardo en deseo por su cuerpo, más aún después de haberla besado y de haber sentido su piel tan cerca de la mía, pero no quiero presionarla. Después de almorzar dice que quiere tomar fotos para su empresa. Vamos al hotel a que se cambie de ropa, recogemos algunas prendas, un trípode y caminamos hacia las murallas.

Es inevitable compararla con Claudia. Ambas son mujeres hermosas, pero Marcela tiene mucha conciencia del efecto que causa en los hombres. Eso me hace dudar y decido no contarle la verdad sobre quien soy, por ahora. Juega con los ángulos para tomarse las fotos, cambia de pose ágilmente para verse más alta, modifica los gestos dejando atrás la ternura que me ha transmitido durante todo el día para darle paso a una sensualidad enorme.

—Odio tanta pose, pero es lo que mejor luce este kimono —me dice mientras me pide ajustar el trípode para que la foto salga sin sombra.

Graba un par de videos cortos en los que cuenta que está en Cartagena para visitar algunos clientes y segundos después los veo en su Instagram. Yo, en contraste, no he publicado nada en la de @jotaescritor; este momento es para dedicárselo a ella y apenas saco el celular algunos minutos para saber cómo están mi mamá y Maia. Miramos el atardecer en una terraza desde la que se ve el sol ocultarse lentamente. Sentada a mi lado, apoya su cabeza sobre mi hombro mientras nos tomamos de las manos.

Tenemos una reserva para cenar en Mistura. Ella se cambia de nuevo: ahora tiene un vestido blanco que le queda ceñido al cuerpo.

Cuando entramos al restaurante varias personas se voltean a mirarnos y me siento orgulloso de ser el hombre que camina con ella hasta la mesa. La comida es deliciosa y los cocteles son tan sorprendentes como Marcela, que me hace reír toda la noche con sus observaciones sobre las personas que entran al restaurante, con las descripciones de la comida o comentando las letras de la música, hasta que se acerca a mi oído.

—Quiero que hagamos el amor.

Los minutos me parecen eternos mientras llega la cuenta. Ella parece divertirse con mi actitud ansiosa, y en el camino al hotel me pide que paremos para tomarse fotos apoyada contra alguna de las paredes o posando en las plazas. Cuando llegamos a la habitación me dice que le dé un momento para prepararse y yo siento que es imposible esperar más. Aunque lo primero que pienso es «me voy a comer a esta viejota», después de pasar el día juntos creo que me estoy enamorando de ella.

Pongo nuestra *playlist*[3], la que hemos venido alimentando los dos con las canciones que nos gustan, apago las luces principales (quedan encendidas solo las lámparas de las mesas de noche) y dejo en el cajón un paquete de condones, un lubricante y un vibrador.

Cuando la veo salir del baño solo tengo un pensamiento: es una diosa.

Me apresuro a quitarle la ropa interior, pero me pide que la vea bien porque la compró especialmente para esa noche, se aleja un poco y camina como si fuera una modelo. Yo solo puedo verle la piel y todo lo que lleva descubierto. El rompecabezas que había armado en mi mente con las fotos que me mandó por fin se convierte en una mujer real a pocos centímetros de distancia.

Es una noche espectacular. El sexo resulta ser mejor de lo que yo había pronosticado y nos entendemos de una forma muy única. Ella me guía por su cuerpo, diciéndome cómo tocarla, mostrándome con gemidos las cosas que le gustan o pidiéndome que ajuste la presión o la intensidad de mis caricias. Me encanta que siendo una mujer tan joven tenga tanto dominio de su cuerpo y de su sexualidad, en especial,

---

[3] Encuentra en alexandracastrillon.com/entreredes el enlace a la *playlist*.

que vaya más allá esos tabúes inútiles sobre mujeres recatadas en su primera noche con un hombre.

Me duermo exhausto y con miedo a despertar de este sueño.

En la mañana pedimos el desayuno a la habitación todavía envueltos en la lujuria de la noche. Como la fruta directamente de su piel mientras pienso en nuevas formas de hacerla retorcerse de placer. Ella me deja explorarla, se ríe si mi barba le hace cosquillas y no les pone límite a los sonidos cuando algo le gusta.

Nos duchamos y la observo ponerse un aceite que huele a coco en todo el cuerpo, aplicarse diferentes cremas en cada parte de la cara y en el escote, secarse el pelo suavemente con una camiseta que traía en la maleta en lugar de usar la toalla, peinarse usando distintos cepillos que le sirven para distribuir una especie de manteca en las puntas, finalizar el proceso con un secador que ahoga la música que canta mientras hace todo lo demás. Yo finjo estar entretenido en el celular, pero en realidad la miro con detenimiento; me siento cautivado por ella, por cada cosa que hace, por la delicadeza con la que se cuida y la intimidad que representa este momento en el que se maquilla y adorna.

—¿Te gustaría que me quede esta semana? —le pregunto con el corazón en la mano.

Ella me mira con ternura, me acaricia la barbilla y me da un beso.

—Tengo demasiado trabajo y no puedo concentrarme sabiendo que estás aquí.

Me duele, pero sé que tiene razón (aunque no quiero dejarla ni un minuto). Ya me había contado sobre todas las citas que tendrá esta semana y lo importantes que son para su empresa.

—¿Cuándo nos volvemos a ver? ¿Quieres que vaya a Medellín el próximo puente?

—Ay, amor, me matas… Es el cumple de mi mejor amiga y vamos para su finca.

Me quedo en silencio esperando que me proponga otra fecha, pero sigue empacando la maleta.

Mi vuelo sale antes del mediodía y ella no puede registrarse en el hotel en el que se va a quedar hasta las tres de la tarde, así que deja su equipaje en la recepción y me dice que después de despedirnos se irá a dar una vuelta por los almacenes del centro. No quiero que el Uber llegue nunca, no quiero tener que dejarla sabiendo que no tenemos una fecha concreta para volver a vernos.

—Te amo —le digo antes de subirme al carro.

PARTE 2: MARCELA

7

Jota se despidió y Marcela llamó a su hermana para contarle lo que había pasado durante el fin de semana, confirmar en dónde se encontraría con el próximo cliente, pedirle que la pusiera al tanto de todos los mensajes que había respondido en su nombre y, en especial, para preguntarle por Miranda.

—Jugamos a las princesas todo el fin de semana —comentó Nancy.

—Ay, mi bebé ya es una niña grande. ¿Preguntó por mí?

—¡Obvio, bobis! Como mil veces.

—Pasámela.

—Se durmió después del almuerzo, pero apenas se despierte le cuento que llamaste.

Nancy era la socia perfecta. Aportaba toda la planificación que le faltaba a Marcela, era la encargada de llevar los registros de cada cliente, sus gustos, los pagos realizados y los compromisos futuros. Le encantaban los computadores y con gran agilidad llevaba en un archivo de Excel el control de todos los proyectos en los que estaban trabajando, además era quien buscaba nuevos prospectos: se encargaba de hacer el análisis inicial y después ayudaba a su hermana a encontrar el camino para llegar a los que tuvieran el perfil correcto.

@marcelinda90 era una de las diez cuentas de Instagram que tenían activas para encontrar hombres, interactuar con ellos, construir una relación y, eventualmente, empezar a recibir dinero. Cuando Marcela estaba en algún encuentro personal con sus clientes, Nancy era la encargada de seguir las conversaciones con los demás, así el fulano de turno seguía sintiéndose el único mientras los demás recibían su dosis diaria de afecto, que incluía fotos, videos y audios.

Todo lo tenían perfectamente organizado, habían creado un directorio de contenidos en el que cada archivo llevaba un número consecutivo, así sabían cuál era la siguiente foto por enviar sin equivocarse, solo tenían que revisar en el Excel en qué número estaba cada cliente. Iban almacenando en diferentes carpetas el material que recibían por si en algún momento necesitaban extorsionarlos o protegerse. A veces Marcela se enredaba con tantos códigos, pero Nancy ponía todo en orden y sabía el estatus de cada uno. En ese momento estaban trabajando con veintitrés hombres, de los cuales cuatro le enviaban dinero de manera constante.

Se sentían grandes empresarias. Se habían puesto una meta de ingresos que esperaban cumplir durante ese año y, de ser así, Marcela saldría de la operación y se convertiría en reclutadora y mánager de otras chicas, a quienes planeaban iniciar en el método cobrándoles un porcentaje de los ingresos. Sabían que corrían riesgos cuando Marcela se encontraba personalmente con un cliente, pero solo había pasado una vez que el hombre resultó ser un maltratador y Nancy, después de no saber nada de ella durante un par de días, tuvo que llegar con un malandro del barrio a rescatarla. También sabían que con los años iba a ser más difícil: Miranda demandaba cada vez más la presencia de su mamá y ella no quería perderse de ver crecer a su hija.

—Te noto como rarita, ¿está todo bien? —le preguntó Nancy después de un silencio inusual en Marcela.

—Sí, estaba pensando en… este chico.

—¿En Jota o en Mauricio?

—En Jota… Me da como cagada; el man se veía muy enamorado y se despidió de «te amo» antes de irse.

Nancy estalló en una carcajada.

—¿Cuántas veces te han prometido el cielo y la tierra y después no salen con nada?

—Sí, tenés razón.

—Bueno, ¿y cómo es?

—Al principio me pareció un poco serio, pero después me di cuenta de que es más bien tímido, desde que llegó fue muy cariñoso y atento.

—¿Generoso o amarrado?

—¡Generoso! El hotel era chiquito, pero lujoso, y me llevó a muy buenos restaurantes; nunca me dejó pagar nada.

—¿Y físicamente? Porque esas fotos que mandaba…

—¡Poco fotogénico! O no sé si es por esa misma timidez, porque es muuuuucho más lindo en persona. No es que resalte por una cosa, pero en conjunto está bien. Tiene una cara bonita, es mucho más alto de lo que pensé y de cuerpo aguanta. Me contó que cuando era adolescente estaba gordito y me dio risa porque ni siquiera tiene barriga. ¡Ah!, se viste muy clásico; siempre estaba bien organizado ¡y es limpio! Cuando llegó me dijo que lo esperara a que se duchara y salió del baño oliendo a una loción deliciosa.

—Vea pues… Bueno, después me contás más que el avión de Mauricio acaba de aterrizar.

—Decile a mi bebé que la amo.

—Esperá, una cosita antes de colgar… ¿Conseguiste el nombre?, ¿o el man sí se llama Jota?

—Nada, no pude. Se encargó del registro en el hotel, pagó siempre en efectivo y nunca dejó la billetera descuidada.

—Bueno, seguirá siendo @jotaescritor.

Era la quinta vez que se encontraba personalmente con Mauricio. Tenía casi cincuenta años, era dueño de una pequeña cadena de comida rápida en Cali y, a diferencia de Jota, no pretendía enamorarla ni tratarla como una princesa; lo suyo era un juego de poder: le gustaba llegar con ella a restaurantes de primera y que todos se voltearan a verlos, exhibirla en los casinos, ponerle el bronceador en la piscina para que supieran que estaban juntos y pedirle que lo complaciera sexualmente de todas las formas posibles. En el año que llevaban de relación, ambos habían entendido muy bien cuál era la dinámica y qué podían esperar del otro, y Mauricio se encargaba de depositar cada mes una suma generosa de dinero a cambio de una foto o un video diario (antes de las siete de la mañana).

Cuando se encontraban le daba un monto adicional, le llevaba alguna joya de regalo y le compraba ropa en las boutiques de moda. Desde el primer contacto todo había sido muy claro. Él había dado el primer paso preguntándole si le interesaba tener un *sugar daddy,* y aunque Nancy y ella consideraron en un primer momento fingir que no sabían de qué hablaba, decidieron que era mejor aprovechar y «reclutarlo» rápidamente.

Con él aprendió a administrar el contenido que les enviaba a sus clientes; era un juego muy sutil, un tire y afloje permanente. Pasar de lo sugestivo a lo explícito, de lo tierno a lo sensual, de lo espontáneo a lo elaborado. Todas las fotos, videos y audios eran muy producidos y a veces ni siquiera eran de ella (por ejemplo, Nancy sabía fingir mejor los sonidos del orgasmo). Algo que cuidaban siempre era que en una misma foto no salieran su cara y alguna parte íntima, y por ese motivo Marcela había tenido que renunciar a hacerse tatuajes, para evitar que alguien pudiera reconocerla.

Todo lo que hacían para Mauricio iba a a la carpeta de contenidos que después usaban con otros clientes. Así podían aprovechar lo que ya tenían y pocas veces necesitaban algo nuevo. La excepción solían ser los regalos de cumpleaños, en los que incluían alguna dedicatoria especial para cada uno.

Cuando Mauricio llegó siguieron la rutina establecida: subieron a la habitación y tuvieron sexo hasta que él estuvo satisfecho, se pasaron la tarde en la piscina donde ella exhibió el vestido de baño más sensual que tenía, cenaron en una mesa visible de Marea. Esta vez él había programado que pasaran el segundo día en el Hotel Palmarito Beach en Tierra Bomba, donde aprovechó para tomarle muchas fotos en bikini, aunque no posaron juntos en ninguna.

Ella seguía con la mente puesta en Jota; sabía que Nancy aprovecharía el enamoramiento con el que se habían separado y tenía curiosidad de saber cómo evolucionaba la conversación por esos días. Mientras estaba con Mauricio se sentía un objeto, una mujer para usar según lo que él quisiera (placer, prestigio, despertar envidia) y, aunque jamás la trataba mal, la sensación de vacío que le quedaba al despedirse de él solo se compensaba con la ilusión de que el dinero que le daba le servía para seguir avanzando en su meta. Inevitablemente pensaba en su amante previo, en la dulzura con la que la trataba, en lo delicado que había sido en cada encuentro, en la fascinación con la que la miraba.

Cada cliente era distinto y la estrategia de atenderlos entre las dos, además de ser práctica, buscaba justamente que no se encariñara demasiado con alguno de ellos.

Cuando quedó embarazada, Marcela pasó por todos los empleos temporales que pudo hasta que nació Miranda. Las opciones eran pocas: trabajó en una cafetería hasta que no soportó estar de pie todo el día, fue recepcionista en un edificio, pero tuvo que dejarlo cuando las náuseas la sobrepasaron, intentó ser manicurista, vender por catálogo, atender una línea telefónica de servicio al cliente. En los trabajos la aceptaban de manera ilegal, le pagaban mucho menos de lo que ganaban sus compañeros y no tenía nada firmado que la vinculara laboralmente.

Cuando le faltaban apenas algunas semanas para el parto, le escribió un desconocido por Twitter ofreciéndole un trabajo como modelo embarazada. Para ingresarla al catálogo le pidió algunas fotografías que ella se tomó con mucha ilusión, pagándole a un vecino fotógrafo de bodas para que salieran más profesionales. El hombre le sugirió que le mandara otras con menos ropa, lo cual alertó a Nancy cuando se enteró.

—¿Vos has visto fotos de embarazadas casi en pelota? —le preguntó sin entender cómo su hermana era tan inocente.

—Pues... no. Pero él me dijo que así los clientes sabían mejor cómo estaba la panza y podía conseguirme más contratos.

—Decile que se las mandás, pero que te tiene que pagar algo.

—¿Y si me dice que no y pierdo el contrato?

—¿Cuál contrato? ¿Acaso ya te propuso algo?

Después de discutirlo, Nancy le ayudó a redactar el mensaje.

> Listo bb, yo te mando las fotos, pero ya me quedé sin plata para tomármelas. Me anticipás algo del contrato y después me lo descontás?

> ¿Y cuánto necesitas?

> La mitad de lo que sea el contrato

> OK, te consigno entonces 50 mil antes y la otra mitad después. Mándame 10 fotos en las que se te vean bien las tetas.

Marcela no podía creerlo, era lo que se ganaba en dos días trabajando jornada completa (si le iba bien) y para las fotos no había necesitado más de una hora. Con Nancy improvisaron un lugar en el cuarto para que su mamá no se diera cuenta, y cuando recibieron el segundo pago se sentían las millonarias del barrio. En las semanas siguientes continuaron mandándole fotos al hombre, que además le empezó a dar sugerencias sobre poses y accesorios. Después le hizo solicitudes para clientes que tenían requerimientos específicos, y en el momento del parto ya tenía ahorrado lo suficiente para cubrir los gastos de los primeros tres meses de la bebé.

Cuando empezó a quedarse sin dinero lo buscó para preguntarle si quería comprarle más fotos, pero él le informó que solo trabajaba con embarazadas: eran más exóticas y podía cobrar un mejor precio. Días después, un «referido» la contactó preguntándole si hacía videos y le envió algunos perfiles de Twitter para que se hiciera una idea de lo que estaba buscando. Efectivamente pagaba menos, pero viendo lo que le había mandado notó que algunas chicas vendían sus propios contenidos, sin intermediarios. Solían publicar alguna foto muy sugerente en la que tapaban con un *sticker* los pezones o la vulva, y si alguien quería el contenido completo debía pagar.

Abrieron una cuenta en Twitter en la que subieron fotografías y empezaron regalándoselas a quienes hacían retuits para poder llegar a más seguidores (según habían aprendido de lo que hacían otras mujeres). Pronto tenían seguidores de diferentes partes del mundo dispuestos a pagar por más contenido, hasta que llegó Mauricio con su propuesta de *sugar daddy* y la condición de que cerrara el perfil. Marcela le pidió dos millones por anticipado; cuando los recibieron clausuró la cuenta y le propuso a Nancy que arrendaran un apartamento para irse con la bebé y así estar lejos de su mamá.

—¿Vos te enloqueciste? Apenas ese man no quiera pagarte más ¿qué hacemos? No, mija, hay que tener más clientes, uno no puede poner todos los huevos en la misma canasta.

Marcela tuvo una idea.

—¿Y si creamos varios perfiles?

Nancy investigó y propuso que se pasaran a Instagram, donde veía más «clase» y podía publicar fotos cotidianas, pero lo suficientemente sensuales como para empezar a captar contactos y encontrar quiénes quisieran pagar por algo mejor.

—Puro contenido *premium*, hermanita; menos trabajo y mejores clientes.

Con el pago mensual de Mauricio podían cubrir el arriendo y los gastos básicos, así que después de cuatro meses de recibir el dinero decidieron irse de la casa. Su mamá no lo tomó nada bien: «Ahora sí se van a volver bien perras», les gritó mientras les tiraba la ropa por el balcón, asegurándose de que todo el barrio se enterara.

—Más perra serás vos que después de vieja seguís pichando con cualquiera en la casa y al frente de nosotras —le gritó Marcela mientras Miranda lloraba inconsolable.

—Subí y me lo decís en mi cara, puta. Porque me queda claro que ni siquiera tenés idea de quién te preñó. ¿O por qué nunca se supo?

Marcela le entregó la bebé a su hermana, quien se imaginó que, efectivamente, iba a subir a pelear con su mamá.

—¿Sabe qué, mamá? No se supo porque yo quería ahorrarle este dolor, pero ya que insiste en que todo el barrio se entere se lo voy a decir… Vengan, vengan todos, acérquense para que escuchen bien el chisme —gritaba mirando hacia todos los lados y llamando a los curiosos que se asomaban a las ventanas y las puertas—: a mí el que me preñó fue el novio suyo, Rodolfo. El primero de enero, mientras usted roncaba caída de la borracherra, él se metió en mi cuarto y me violó.

Su mamá empezó a gritarle mentirosa, puta, malagradecida y todas las palabras que se le ocurrieron, pero ella no quiso escucharla más y se montaron a un taxi para irse al nuevo apartamento que habían alquilado en Belén Altavista.

—¿Eso es verdad? —le preguntó Nancy cuando iban en el carro.

Miranda había dejado de llorar, pero ahora era su mamá quien no paraba de derramar lágrimas. Marcela lo negó sin decir palabra.

—¿Y entonces quién es el papá?

Nancy entendió que era mucho lo que su hermana había sufrido y no quiso molestarla más.

8

Cuando regresó a Medellín, Marcela llevaba regalos para su hermana y para Miranda que la recibió feliz. Tenía muchas ganas de llevarla a conocer el mar, pero debía revisar con Nancy las finanzas y cómo organizarse para viajar las tres. Además, su hermana iba a empezar el segundo semestre de Comunicación Digital en el Poli, y estaba tan emocionada por ir a la universidad que jamás faltaba a clase, así que tendría que planear cómo hacerlo para que Nancy aceptara.

—Se casa Juan Carlos —le informó Nancy— y (fijo) se pierde por un rato. ¿Le proponemos despedida de soltero?

—Ay no sé, ¡qué pereza...! Se le masmelea cada tres minutos y me toca hacerle oral un montón de veces. Termino muy cansada.

—A ver, Marcela... esto es un negocio. Si el cliente necesita una ayuda extra, pues se le da.

—Tan fácil decirlo cuando a usted no le toca chupárselo, ¿cierto?

Nancy se quedó de una pieza, era la primera vez que su hermana la retaba.

—Perdón, perdón, hermanita... Yo sé que lo que vos hacés es muy importante y que en esto estamos las dos —se apresuró a agregar Marcela.

—Tranquila, Meche. ¡Tenés razón! Ni me imagino lo que será acostarse con los clientes, pero tenemos una meta muy clara y ya estamos cerca. Los eventos especiales siempre son los más rentables; mirá esta semana en Cartagena: dejaste al escritor listo para escurrirlo y el bono de Mauricio estuvo bien jugoso.

—A lo de Jota no le tengo tanta fe —mencionó fingiendo indiferencia.

Nancy leyó en voz alta todos los mensajes que se había cruzado con él en los últimos días para mostrarle que estaba loco por ella. Marcela había percibido algo en él, algo que lo diferenciaba de los otros clientes con los que había estado antes. No sabía cómo explicarlo, pero Jota le parecía un hombre bueno, con intenciones nobles, no como los otros que, a pesar de afirmar que se habían enamorado de su cara tierna, de sus detalles o de su inteligencia, finalmente se interesaban más por su cuerpo que por cualquier otra cosa.

Sin saber cómo debatirlo con su hermana, decidieron avanzar a la siguiente fase: Marcela le pediría dinero; un monto pequeño, pero representativo, que serviría de prueba para saber si él estaba realmente comprometido con ella. Cada caso era diferente y con Jota necesitaban encontrar la estrategia apropiada. Después de plantear distintas opciones, Marcela tuvo una idea:

—Yo vi que él llamó varias veces a la mamá para ver si estaba bien, y también hablaban mucho de la perrita.

—¿Y te preguntó alguna vez por tu familia?

—No, solo sabe lo que le dijimos antes: que estaba viviendo con mi papá mientras mejoraba el negocio.

Acordaron aprovechar ese enfoque y @marcelinda90 subió una imagen con un texto que decía «Cadena de oración por mi mamá». La publicación tuvo efecto inmediato y Jota la llamó al celular. Ella rechazó la llamada y le envió un mensaje de texto:

> Atropellaron a mi mamá y estoy intentando que la atiendan en la clínica, te llamo cuando pueda

> ¿Cómo así? ¿Por qué no la atienden? ¿Cómo te ayudo?

> Es que no tiene seguro, acá estoy viendo qué hacer

> Pero tienen que atenderla, con el seguro del que la atropelló.

> El irresponsable se escapó y la dejó ahí solita. Menos mal una vecina la encontró y me llamó.

> ¿Qué necesitas? ¿cómo te ayudo?

> Ay lindo, sé que puedo contar contigo.

> ¿Cómo te ayudo?

> Me da pena pero, si puedes prestarme 200 mil para ingresarla podría agilizar todo, me pidieron 2 millones y ya solo me falta eso. Te los pago apenas cierre las ventas del mes.

> Claro, de una. Pásame tu número de cuenta, no te preocupes por pagarme. Avísame cuando tengas noticias.

En menos de cinco minutos el dinero estaba en la cuenta y Nancy marcó el nombre de Jota en amarillo en la hoja de Excel, señal de que había pasado la primera prueba. Durante los siguientes días Marcela estuvo contándole sobre la recuperación de su mamá en la clínica, incluyendo algunos episodios en los que empeoraba y en los que él se mostraba muy preocupado.

—Tu intuición vale oro —le dijo Nancy al confirmar que Jota estaba tan interesado por la recuperación de su mamá que ni siquiera le había pedido fotos o videos durante esos días.

—Te dije que él es distinto.

—Bueno, mejor todavía. ¿Te imaginás que consigamos varios así, con los que ni siquiera te tengás que acostar?

Marcela se sentía mal por el camino que estaban tomando las cosas. Pensaba que estaba bien sacarles dinero a hombres que se querían aprovechar sexualmente de ella: era equitativo, una forma de venganza. Pero Jota era diferente. Cada día se convencía de que era un hombre bueno y empezaba a sentirse incómoda con la situación, por lo que intentó concentrarse en maximizar los ingresos con los demás para que Nancy no sugiriera que le pidieran más dinero, y convenció a Juan Carlos de organizar una despedida de soltero en una finca en San Jerónimo, un pueblo cerca de Medellín.

El paquete incluía un plan para el novio y cuatro amigos más, quienes podían elegir a cinco mujeres de un catálogo que les mandaron con anticipación, así como qué comida y bebidas consumir. El plan «todo incluido» les dejaba casi cinco millones de pesos en ganancias y, aunque tenían que preparar muchos detalles, era una buena oportunidad para empezar a probar ese tipo de servicios.

Marcela y Nancy viajaron desde el jueves con Miranda y se quedaron en un hotel cerca de la finca. Después de recibir el lugar, organizar toda la decoración y coordinar con las personas que atenderían la fiesta (dos encargados de la cocina y la limpieza, uno de la música y otro del licor) se despidieron para que Marcela recibiera a las otras mujeres, les diera instrucciones y estuviera todo listo para el sábado que llegaban los clientes.

El domingo al mediodía, Juan Carlos y sus amigos se despidieron felices diciendo que era la mejor fiesta en la que habían estado y recogieron un millón adicional de propina. Marcela se quedó el resto de la tarde para supervisar que todo estuviera organizado y para pagarles a quienes habían trabajado.

Emocionadas porque todo había salido muy bien, se quedaron una noche más en el hotel y el lunes regresaron a Medellín. Miranda amaba el agua y había pasado todo el fin de semana en la piscina; cuando llegaron al apartamento no quería que le guardaran el flotador e insistió en dormir con el vestido de baño puesto.

Era evidente que su hija cada vez estaba más apegada a Nancy. Sus citas con los clientes demandaban que se ausentara frecuentemente y su hermana pasaba con ella los momentos más especiales, como ese fin de semana que estuvieron divirtiéndose en el hotel mientras ella trabajaba en la despedida de soltero de Juan Carlos.

Aunque eso le causaba dolor, decidió pensar en que su hermana era el padre que le faltaba a Miranda y así intentaba manejarlo para no atormentarse, intuyendo que eventualmente su hija iba a preferir a la tía. Nancy la había acompañado desde el primer momento, la había defendido durante el embarazo cuando su mamá sugirió que abortara, la protegió de los comentarios de los vecinos, era su soporte emocional y económico en todo momento y ahora era quien daba estructura, no solo al negocio, también a la extraña familia que formaban las tres.

Ambas eran muy diferentes físicamente; habían nacido de padres distintos. Nancy era cinco años mayor, tenía el cabello castaño claro y un poco rizado, los ojos verdes, la piel muy blanca, era más alta que ella y siempre había sido delgada. Sin embargo, su voz era tan idéntica que podían suplantarse en el teléfono con facilidad, inclusive ante personas muy cercanas. La forma en la que hablaban era parecida, aunque Marcela era más melosa y cuando Nancy tenía que hacerse pasar por ella ante algún cliente, debía esforzarse por mantener ese estilo que le desagradaba.

También eran muy diferentes en sus relaciones con los hombres. A Marcela le gustaban todos y para Nancy no había ninguno que valiera la pena. Tuvo un novio en el colegio y algunas relaciones ocasionales, pero a todos los que conocía les encontraba algún inconveniente, y al final las cosas no prosperaban. Ni siquiera tenía un tipo de hombre ideal, a todos les faltaba algo. «Dejá de creerte de mejor familia», le decía su mamá cuando rechazaba a sus pretendientes. En realidad, Nancy había decidido concentrarse en tener una vida mejor que la de su mamá y estaba convencida de que el problema eran precisamente los hombres.

Su relación como hermanas había tenido muchos altibajos. En la infancia habían sido muy unidas, Nancy trataba a Marcela como si fuera una muñeca y durante muchos años se encargó de cuidarla: era quien la ayudaba a vestirse, la peinaba, le daba la comida, caminaban juntas hasta la escuela, la protegía de su mamá y de cualquier persona que quisiera hacerle daño. Alrededor de los once años Marcela empezó a desarrollarse, mientras que Nancy, con dieciséis, seguía teniendo cuerpo de niña, y empezaron a pelear por todo. Nancy sentía envidia de su hermana, que empezó a convertirse en una mujer voluptuosa y a captar las atenciones de los chicos del barrio. La envidia se convirtió en odio y se obsesionó con ella: a escondidas se ponía su ropa, se maquillaba imitando su estilo, fingía en el espejo que se había convertido en su hermana, buscaba formas de que Marcela terminara castigada sin poder salir o inventaba chismes para que sus amigos le dejaran de hablar.

Sin embargo, cuando Marcela quedó embarazada, Nancy volvió a conectarse con la hermana menor que necesitaba su ayuda y protección, se dio cuenta de que su odio adolescente no tenía cabida ya que ambas eran adultas y que unidas podían salir adelante anticipándose y cambiando el futuro al que las había condenado su mamá con una vida de malos ejemplos y pocas oportunidades.

Cuando llegó el fin de mes, Marcela sugirió que le devolvieran la plata a Jota.

—¿Te enloqueciste?

—No. Ya te dije... él es diferente. Te aseguro que dice que no y nos ganamos su confianza.

Marcela esperaba de todo corazón que Jota le recibiera el dinero para empezar a sacarlo de sus clientes, pero él le respondió que no era necesario y que se sentía feliz de haberla ayudado. Nancy decidió que ya era hora de pasarlo a un pago mensual y le propuso a su hermana que empezaran a hablarle de la idea de irse a vivir sola.

—¿Por qué estás dudando tanto? ¿Querés que lo maneje yo?

—Es que, de verdad, hay algo… No sé decirte, pero él no es como los otros.

—¿Vos te estás enamorando?

Marcela no sabía ni siquiera qué responderle. Aunque era enamoradiza no tenía certeza de qué era estar enamorada. A ella le gustaba que los hombres la admiraran, la consintieran y le dijeran cosas bonitas, pero tenía claro que eso no era lo mismo que enamorarse. También sabía que pensaba en Jota más que en los demás, que estaba atenta a responderle rápido para que no fuera Nancy quien se encargara de las conversaciones con él, que se interesaba por las cosas que le gustaban (ya se había leído dos libros que le había recomendado), que le encantaban las horas que pasaban hablando de todo, que se sentía impresionada por la forma en la que él se dedicaba a su perrita. En definitiva, había algo que lo separaba de los demás: muchas noches mientras se quedaba dormida fantaseaba con una vida juntos, yendo al cine, decidiendo qué comprar en el supermercado, viéndolo ayudarle a Miranda con las tareas, pasando el fin de semana en una piscina.

—No, no seas boba; claro que no.

—Bueno, Meche, o avanzás con él o me lo pasás y yo me encargo.

Por miedo a perder el contacto con Jota, Marcela decidió seguir con el plan y empezó a darle pistas de que su papá la maltrataba y quería irse a vivir sola. Algo que habían aprendido era que, por lo menos al principio, los clientes siempre debían ser los que hicieran las propuestas económicas. Para los hombres había una relación muy estrecha entre el dinero y el poder y ellas debían aprovecharla. Su juego se centraba en irlos llevando (sin que ellos lo vieran) a ese callejón del que ya no podrían salir, o del que muchas veces no querían salir. Que ellos hicieran las propuestas también los comprometía con mantenerlas. Si Jota creía que él la impulsaba a irse de la casa y se ofrecía a darle un dinero mensual para ayudarla, después se sentiría mal al dejarla sin ese apoyo.

La estocada final la dieron con una llamada en la que ella fingió pedirle ayuda mientras se escuchaban cosas caer y le colgó sin darle más información. En cuanto él empezó a llamarla de regreso, apagaron el celular. Al encenderlo al día siguiente tenía decenas de llamadas y mensajes de él muy preocupado. Luego de prepararse, lo llamó.

—Lindo...

—¿Qué pasó? ¡Me estaba enloqueciendo! ¿Por qué me colgaste?

Marcela fingió que estaba llorando.

—¿Estás bien?

—No... mi papá... —le respondió entre sollozos.

—¿Qué pasó?

—Estaba muy borracho. Me pegó. No te imaginas... ¡Me dejó vuelta nada!

—¿Y dónde estás?

—En la casa.

—¿Estás con él?

—No, ya se fue otra vez.

—Tienes que aprovechar e irte.

—No puedo...

—¿Por qué? ¿Estás encerrada? ¡No entiendo!

—No tengo para dónde irme, amor.

La última frase la dijo ahogándose en el supuesto llanto mientras Jota intentaba darle alguna solución.

—¿Y si te vas a la casa de tu mamá?

—Después del accidente está de arrimada donde una tía; allá no hay lugar para quedarme. No te preocupes, esto fue algo anormal... Fue mi culpa.

—¿Cómo así? ¿Por qué?

—Es que... dejé el celular en el comedor y mi papá vio nuestra conversación del otro día.

Jota se quedó en silencio. Concluyó que la situación era más grave de lo que él pensaba, considerando que Marcela estaba justificando el maltrato y defendiendo a su agresor.

—Escúchame bien: esto no fue tu culpa. Primero tienes que calmarte. ¿Qué tienes? ¿Te duele algo?

—Tengo morados por todos lados y me duele mucho la mandíbula —respondió entre sollozos.

—Okey… Tómate algunas fotos que te puedan servir en caso de un proceso legal. ¿Hay alguien a quien puedas llamar para que te reciba unos días? ¿Alguna amiga?, ¿un familiar?

Marcela se quedó en silencio unos minutos, después sacó el as bajo la manga.

—Podría llamar a Óscar.

Cuando Jota escuchó el nombre del exnovio tóxico sintió que la cura podía ser peor que la enfermedad.

—¡No, no, no!

Marcela empezó a llorar de nuevo.

—Tranquila. Tiene que haber otra opción.

Luego de un breve silencio, le respondió:

—Podría alquilar una pieza, o un apartamento pequeño, pero…

—Pero ¿qué?

—Estoy muy corta de plata y con lo de mi mamá descuidé mucho el negocio. No, no es una opción.

—¡Sí, eso! Es una buena idea.

Jota le dio razones para irse cuanto antes, le preguntó cuánto dinero necesitaba y se lo transfirió. Ella insistió en que no era viable, no podía irse y después volver.

—Tranquila, mientras esté en mis manos no vas a volver donde tu papá.

Y Nancy marcó con verde el nombre de Jota en su archivo de Excel.

9

Tras el descuido de los clientes por parte de Marcela, Nancy empezó a monitorear de cerca cómo interactuaba con cada uno; era muy importante comportarse siempre de acuerdo con el protocolo ya trazado en cuanto a contenido para enviarles, tiempo de respuesta y clasificación establecido en el archivo de Excel. Decidió mantenerla ocupada y buscar prospectos durante una semana para que ella iniciara las conversaciones, de las que le pedía un informe diario cuando llegaba de la universidad.

Marcela no podía engañar a su hermana. Nancy tenía acceso a todas sus cuentas de Instagram y se enteraba de con quién cruzaba mensajes (ese era el principal motivo para mantener las conversaciones en esa red social). Solo pasaban a interactuar por WhatsApp cuando el cliente lo pedía y ya estaba mínimo en amarillo en su archivo de Excel.

Todas las técnicas que usaban las aprendió Nancy cuando trabajaba en una empresa especializada en vender seguros para hombres casados de nivel socioeconómico medio, en la que empezó como operadora de llamadas del *call center* y terminó siendo supervisora. Durante cuatro años recibió entrenamiento para identificar clientes potenciales, establecer el primer contacto, descartar rápidamente a los que no tenían futuro, dominar la conversación, mantener el interés activo, responder a las objeciones y cerrar los contratos.

Además de entender cómo funcionaba el complejo sistema de ventas (soñaba con que su operación algún día tuviera una plataforma automatizada como la que usaban en la empresa), lo que más aprendió fue sobre la sicología de los clientes: qué tipo de palabras eran las que más ayudaban a concretar negocios o cómo influir en ellos para lograr resultados rápido. Ahora que estaba en la universidad aprendiendo la parte teórica de todo lo que había adquirido con la experiencia, sabía que muy pronto podrían ser más «efectivas y eficientes» en su negocio.

Para Marcela era abrumador, prefería pasar el día jugando con Miranda, haciendo ejercicio, viendo fotos en Instagram o videos en YouTube que seguir los cuadros de Excel que le dejaba su hermana y hacerle seguimiento a cada cliente. Inclusive empezaba a dedicarle más tiempo a la lectura y le gustaba comentar los libros con Jota.[4]

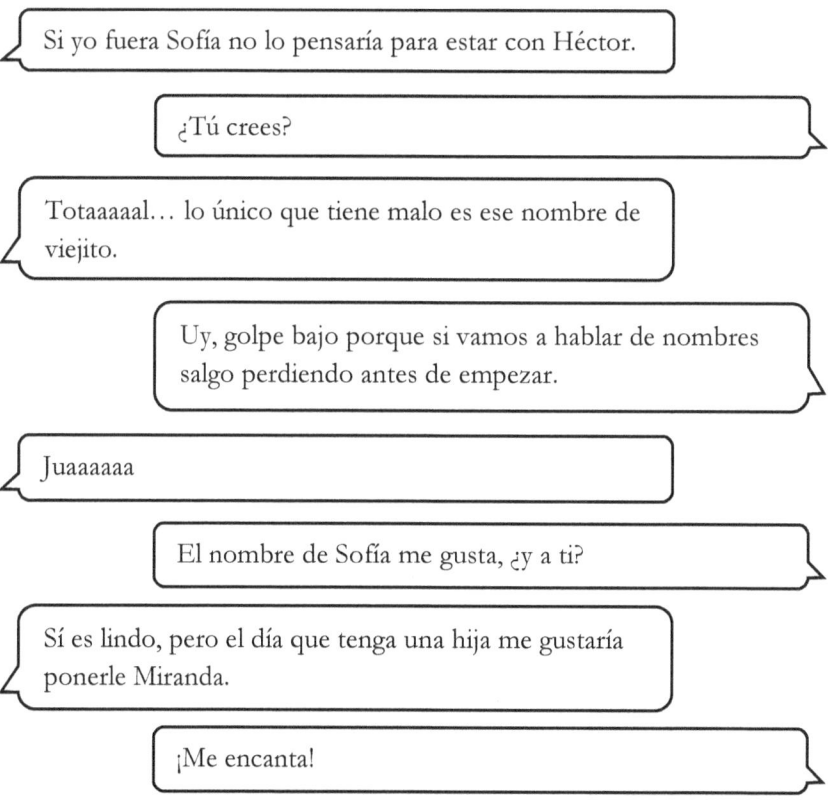

---

[4] Elísabet Benavent, *La magia de ser Sofía*, SUMA de letras, 2017.

Sentía que el lazo que estaban creando era muy fuerte y fantaseaba con que fueran novios. A veces pensaba que sería mejor si vivieran en la misma ciudad, pero después caía en la cuenta de que todo se acabaría cuando él descubriera la verdad sobre su vida.

—Oíste, Meche, estaba pensando... —le dijo Nancy mientras revisaba las finanzas— deberíamos empezar a pedirle más plata a Jota. ¿Qué decís?

—No sé... Apenas lleva dos meses pagándome el arriendo del apartamento —respondió mientras hacía un gesto de comillas al pronunciar las últimas palabras.

—Sí, pero mirá, ¿qué tal si le empezás a hablar de meterte a la universidad? Él está como muy contento con que ahora te guste leer. Yo creo que por ahí puede haber algo bueno. También hay que ir cuadrando el plan para Semana Santa.

—Sobre eso... yo había pensado en algo.

—¿Qué cosa? ¿El gordo Vargas como el año pasado?

—No, no, no... En que saquemos vacaciones nosotras. ¿Te imaginás a la niña en el mar y nosotras bronceándonos bien divinas?

Nancy la miró incrédula.

—O sea, que en lugar de ganar plata, ¿gastemos?

Marcela bajó la mirada intentando pensar en una buena justificación.

—No mija, nada de eso. Estamos todavía lejos de la meta. Más bien trabajemos para conseguir los cincuenta millones que nos pusimos como objetivo este año y, si lo logramos, en diciembre o en enero nos vamos de paseo.

Nancy se sintió muy orgullosa de su idea, pensó que sería una motivación para su hermana, pero Marcela veía esa fecha lejana y la suma inalcanzable. Tenía mucha frustración y rabia por no poder gastar el dinero como quería, además de vivir controlada por su hermana. Aun así, no fue capaz de contradecirla y le dijo que empezaría a ver opciones de clientes para Semana Santa.

Efectivamente, Nicolás Vargas estaba interesado en pasar unos días con ella. Tenía una finca en La Pintada, a donde solían escaparse con cierta frecuencia. Era un hombre en apariencia muy tímido, hablaba poco cuando se encontraba por fuera de su círculo de amigos, tocaba todo con mucha sutileza como si pudiera romper las cosas a su alrededor y se comía las uñas de manera tan compulsiva que se las cortaba todos los días para evitar la tentación. Con Marcela se transformaba en un hombre fuerte que decía lo que pensaba, actuaba con determinación y lograba lo que se proponía.

—La platica que me gasto con vos me sirve más que diez años yendo al sicólogo —le dijo cuando ella le indicó la tarifa para irse con él toda la semana.

Marcela necesitaba inventarse alguna excusa para Jota y evitar que durante esos días Nancy se encargara de hablar con él.

> Bb en Semana Santa me voy a ir a una finca con mis amigas del colegio, es por el Cauca y la señal es muy mala.

> Noooo, no me digas eso.

> A mí tambien me vas a hacer mucha falta, pero cuando vuelva te recompenso

> Ah, ¡qué vaina! Y yo compré tiquetes para ir a verte a Medellín; quería que fuera sorpresa. ¿Puedes cancelar?

El corazón se le quería salir. Primero, por la emoción de pensar que él quería ir a verla. Después, por imaginarse todo lo que tendría que hacer para mantener su fachada si Jota aparecía en Medellín. Finalmente, pensando que Nancy no lo aprobaría: Nicolás ya les había anticipado la mitad del pago.

> Ay, amor me matas

> ¿Te imaginas? ¡Qué delicia toda la semana juntos!

> No, es que no puedo cancelar

> ¿Por qué?

> Hay una compañera que es modelo y otra que es fotógrafa… me van a regalar un portafolio de fotos para la empresa, ya todo está organizado.

Pensó que la respuesta lo había disgustado porque él dejó de escribirle.

—Creo que deberíamos cancelar lo de Nico —le dijo a Nancy con preocupación.

—¿Por Jota? ¡Obvio que no! Nico es VIP y hay que mantenerlo contento. El escritor apenas está empezando. Mandale un video personalizado y seguro se le pasa.

Marcela le envió el video diciéndole que la próxima vez que se encontraran lo compensaría. Se pasó la noche pegada al celular esperando que le respondiera, pero no tuvo noticias de él y sintió una picada, un dolor, una angustia que no había vivido antes. Veía a Miranda dormida en la cama del lado y deseaba que su hija no sintiera nunca algo así, algo que no podía dejar pasar por más que intentara pensar en otra cosa y dormirse.

Cuando Jota respondió, volvió a la vida. Él se comportó como de costumbre y Nancy sugirió que no le diera importancia, que siguieran con el plan que ya tenían. El sábado, antes de que Nicolás la recogiera, Marcela lo llamó para despedirse y se sorprendió cuando él dijo que en todo caso viajaría a Medellín.

La semana con Nicolás le pareció eterna. Le molestaban su mal aliento, las bromas tontas que hacía por cualquier cosa, la forma en que trataba a la empleada que había contratado para ayudarles en la finca, lo rutinario que era en el sexo e inclusive la ropa que se ponía. Pero en especial, odiaba que la interrumpiera mientras ella estaba enganchada terminando el libro que estaba leyendo y que no le importara poner la música a todo volumen a pesar de que ella le había pedido que no lo hiciera.

La desconexión fue total y con los días a los dos les pesaba estar juntos. La noche del viernes ella lo despertó porque estaba roncando mucho, él se enojó, le dijo que se devolvían para Medellín el sábado a primera hora y que se olvidara de volverlo a contactar.

Sintió una mezcla de alivio y de terror. Quería estar en Medellín y ver a Jota, pero sabía que su hermana se enojaría con ella. No pudo dormir buscando la mejor manera de solucionar la situación. Después de mucho pensarlo durante la noche decidió intentar que Nicolás no estuviera disgustado y lo despertó con caricias atrevidas a las que él no pudo resistirse.

—¿Seguís enojadito conmigo? —preguntó mientras desayunaban.

—Con esa carita que hacés, es imposible. —Le acarició la mejilla.

Parecía que Nicolás había olvidado la amenaza de volver anticipadamente, pero Marcela seguía dándole vueltas a la idea. Quería regresar antes de que Jota se fuera a Bogotá, sin embargo, debía resolver dos puntos: cómo justificarlo ante su hermana y en dónde encontrarse, dado que él (supuestamente) le estaba pagando un apartamento.

Se le ocurrió escribirle en cuanto salieran de la finca y tuvieran señal en la carretera, preguntarle a qué hora era su vuelo y sugerirle, con la sorpresa de que tenía un par de horas para verlo, que se encontraran para tomar café en el aeropuerto. Si el gordo no estaba enojado, podía inventarle a Nancy que él se había sentido enfermo o que tenía que resolver algo urgente en Medellín.

Empezó a empacar sus cosas para estar lista cuando él dijera.

—Vamos a montar a caballo.

—¿Cuándo? —preguntó ansiosa.

—Pues ya... ¿Qué hacés?

—Empacando... ¿A qué hora nos vamos?

—Noooo, lo de ayer fue un arrebato. Nos vamos mañana como estaba planeado.

Ella fingió una sonrisa y le pidió que fuera preparando las monturas mientras se cambiaba. Se encerró en el baño a llorar mientras pensaba que lo que más quería era estar con Jota, abrazarlo, hacer el amor, hablar por horas y construir planes para el futuro.

Unos golpes en la puerta la hicieron volver a la realidad.

—Le manda a decir don Nicolás que ya está todo listo —escuchó decir a la empleada.

Se secó las lágrimas y se maquilló para disimular la nariz enrojecida. Se puso las gafas de sol para que no se le notaran los ojos acuosos. Durante las cuatro horas que duró el recorrido, mientras Nicolás le mostraba los nuevos potreros o le hablaba de la próxima cosecha, Marcela solo pensaba en Jota. Pasó de imaginar el futuro perfecto a estrellarse con todos los obstáculos: las mentiras que le había dicho, los hombres que pasaban por sus piernas, su hija, las veces que Nancy la había suplantado... Entre más lo pensaba más se daba cuenta de que su relación era imposible.

Su hermana tenía razón, debía apegarse al plan. Lo mejor sería olvidarse de la idea de tener una relación convencional con él porque no iba a aceptarla nunca; debía olvidarse de los sueños de quinceañera que a sus veintiun años ya no tenían sentido, tratarlo como a cualquier otro cliente y conseguir la mayor cantidad de dinero posible para cumplir la meta cuanto antes.

Regresaron el domingo como estaba previsto y Nicolás le dio una propina extra, a pesar de los días en los que había estado poco amigable. Jota no le había escrito en toda la semana, y aunque sintió rabia sabía que era lo mejor de acuerdo con la decisión que había tomado. Encontró a Miranda caprichosa, la saludó poco efusiva y cuando vio que no le había llevado ningún regalo, se empecinó en dormir con Nancy y no con ella.

10

Nancy se sentía culpable por haber conocido a Jota durante la Semana Santa a escondidas de Marcela. Había roto sus propias reglas al salirse del guion, pero le había ganado la curiosidad.

Jota le envió su itinerario a Marcela para saber si le recomendaba hacer algo adicional durante su estadía, pero ella ya estaba sin señal y Nancy fue quien vio el mensaje. Su plan incluía los lugares más turísticos: el Cerro Nutibara, el Parque Explora, el Museo de Antioquia y un recorrido en Metro Cable al Parque Arví. Ella le sugirió tomar el tour del grafiti por la comuna 13 y le envió los datos de un guía conocido. Se trataba de Alberto, un compañero suyo de la universidad, al que le avisó que le había referido un cliente y le pidió que le guardara un cupo en el mismo recorrido para ella.

Sin saber cómo acercarse, decidió que lo mejor era intentar parecerse a su hermana: se alisó el pelo, se maquilló y se puso un vestido de Marcela que le quedaba más suelto que a su hermana. Complementó su fachada con unos tenis blancos que le sirvieran para hacer el recorrido cómodamente, gafas oscuras y una chaqueta de jean, en caso de que hiciera frío. Su principal objetivo era descubrir por qué su hermana parecía más interesada en Jota que en los demás y quiso atraerlo con la tranquilidad de que no descubriría nunca el parentesco.

El grupo de quince personas se encontró minutos antes de las diez de la mañana en la estación del metro de San Javier. Reconoció a Jota y aprovechó para caminar cerca de él. Jugaba con ventaja; había leído tantos mensajes de los que se cruzaba con @marcelinda90 que creía conocerlo perfectamente. Le pareció un hombre muy reservado, comentaba poco, era caballeroso, muy observador y tenía una sonrisa tímida y a la vez encantadora.

Jota tenía un aspecto informal, vestía jeans, camiseta manga corta y Vans desgastados. Llevaba una barba de tres días, gafas de las que se ponen oscuras con la luz y un suéter azul oscuro que a Nancy le pareció muy bogotano. Le hizo preguntas muy interesantes al guía y anotaba las respuestas en una libreta negra en la que escribía a mano, haciendo algunos esquemas de los grafitis.

—¿No sería mejor tomar fotos? —le preguntó ella cuando lo vio dibujando un cóndor encima de una cabeza.

—No.

—Pero... (¡perdón!) tu dibujo no se parece —mencionó ella señalando con la boca hacia la pared.

Él sonrió antes de responderle.

—No, no quiero reproducir el grafiti, quiero recordar lo que me transmitió a mí al verlo.

Antes de terminar el tour, Nancy le preguntó si había ido al Museo de Arte Moderno, sabiendo que no estaba en su itinerario, y cuando él le dijo que no le propuso ir juntos después del recorrido.

En el museo hizo algo similar: tomar notas de las obras en las que incluía algunos esquemas. Nancy notó que esa versión de él era diferente a lo que transmitía en sus redes sociales y a lo que le había contado Marcela de sus días en Cartagena. De hecho, era un hombre muy normal, incluso algo simple. En conjunto era atractivo, pero no tenía nada que lo hiciera sobresalir.

—¿En qué trabajás? —le preguntó al salir, con el objetivo de empezar una conversación para entender cuál de las versiones era la real.

—En... literatura, ¿por qué?

—No, por nada... ¡Curiosidad! Como te vi tomando tantas notas, pensé que tal vez eras periodista, o escritor, o algo así.

Él sonrió.

—Sí, exactamente. Soy periodista y escritor. ¿Y tú?

Era la primera vez que le hacía una pregunta personal y no estaba preparada.

—Apenas estoy estudiando.

—¿Y qué estudias?

—Comunicación digital, soy compañera de Alberto.

—Ah, ¡qué chévere! ¿Qué vas a hacer ahora? Estoy muerto de hambre… ¿tú no?

Ella miró el reloj. En un par de horas debía recoger a Miranda: la había dejado con una amiga de la universidad que vivía cerca de ellas.

—Pues, mirá, tengo que recoger a mi sobrina a las seis. Conozco un café muy bonito en el primer parque de Laureles, no queda lejos y venden sánduches, crepes y ensaladas.

Mientras más tiempo pasaban juntos, Jota se abría más. Le contó que tenía una perrita, que era adoptada como él y que había ido a Medellín para ver a una amiga con la que estaba saliendo, pero la sorpresa había fracasado.

—Odio las sorpresas —mencionó ella.

—Yo también, no sé ni por qué se me ocurrió esa idea tan mala.

—¿Y has pasado maluco en Medellín?

Jota sonrió. Ella sintió un cosquilleo en el estómago.

—La verdad la he pasado muy bien. Me hacía falta este descanso.

—Anotá mi número, por si necesitás algo.

Él le marcó para que tuviera el suyo.

—¿Cómo es tu nombre completo?

—Guárdame como Jota.

—¿Jota? ¡Pensé que era un apodo! Qué nombre tan raro…

—Si te dijera mi nombre real te parecería más raro todavía… ¡Deje así! —respondió con acento bogotano marcado.

Los dos se rieron a carcajadas y ella se despidió dándole un beso en la mejilla. En el taxi se fue pensando en él, cerraba los ojos para recordarlo. Llevaba mucho tiempo sin compartir un rato tan agradable con un hombre y, aunque no había pasado nada significativo, le parecía especial la manera en la que él la había tratado y por un momento revivió el sentimiento de celos hacia su hermana.

Durante el resto de la semana él le habló un par de veces pidiéndole alguna recomendación para ir a comer o preguntándole si determinada zona de la ciudad era segura; sin embargo, nunca le propuso que se vieran. Ella se moría de ganas de verlo, pero además de que él no lo mencionó, su amiga le advirtió que Miranda era muy caprichosa y que no la volvería a cuidar.

El domingo, cuando Jota le avisó que ya se iba, Nancy borró todos sus mensajes. En su celular lo había grabado como «Jorge compañero universidad», aunque era una precaución innecesaria porque Marcela nunca usaba su teléfono. Se sintió aliviada al darse cuenta de que en todos esos días Jota no le había escrito a @marcelinda90 ni una vez, y se ilusionó pensando que tal vez había sido por su encuentro con ella.

Marcela decidió no contarle sobre los días difíciles con Nicolás, finalmente todo se había arreglado y no valía la pena que su hermana se enojara.

—Pensé en lo que me dijiste de pedirle plata para la universidad a Jota y me parece buena idea —le dijo a Nancy el lunes cuando hicieron una revisión rápida de los clientes—, pero de verdad quiero empezar a estudiar.

Era la primera vez que Marcela mencionaba el tema. Ellas tenían claro que su mamá no les iba a pagar los estudios, y una vez tuvieron un flujo de dinero suficiente fue Nancy la que se matriculó en la carrera que había soñado siempre.

—¿En serio? ¿Y eso?

—No sé, creo que sería bueno; para darle una vida mejor a Miranda.

—¿Y cómo haríamos con los horarios?, ¿y con los clientes?

Marcela no había pensado en tantos detalles. Viendo a su hermana y conversando con Jota había empezado a considerar la idea, pero no tenía respuestas para esas preguntas. Nancy lo notó en su gesto confundido.

—Mirá, Meche, yo te apoyo, lo sabés; en esto y en todo lo que querás en la vida. Pero todavía no es el momento. Necesitamos ahorrar lo que nos falta para dar la inicial de un apartamento, comprarnos un carrito (aunque sea de segunda) y tener con qué vivir mientras consolidamos el negocio.

Marcela la escuchaba en silencio, asintiendo ante todo lo que le decía.

—La universidad no es fácil. Vos has visto cómo me quemo las pestañas estudiando y haciendo trabajos. No podemos irnos las dos todo el día, ¿con quién dejamos a la niña?

—Sí, tenés razón…

—Lo que se me ocurre es que tomés unos cursos en línea; vas viendo qué te gusta, preparándote. Cuando tengamos todo más establecido, cuando yo me gradúe, empezás vos la carrera.

Faltaban años y ambas lo sabían. Marcela sintió que se tragaba un líquido muy espeso, que le quemaba la garganta mientras bajaba, que le revolvía el estómago. Cuando terminaron de revisar la lista acordaron que en todo caso empezaría a hablarle a Jota sobre su deseo de estudiar para ver cómo reaccionaba.

> Ey perdido, como pasaste en Medellín?

> Bien, linda. Conocí lugares chéveres, lástima que no pudiéramos vernos. ¿Cómo te fue a ti?, ¿qué tal las fotos?

> Hicimos fotos lindas, pase rico y descansé. Aunque pasó algo que me tiene un poco triste.

> ¿Qué cosa?

> La mayoría de mis amigas están terminando la universidad, son unas tesas. Me explicaron muchas cosas para mi negocio y me hicieron caer en cuenta de detalles que yo no había pensado.

> Pero eso es bueno… ¿por qué estás triste?

> Es que pienso, que si yo hubiera podido estudiar podría hacer una empresa de verdad

> Sí, eso es cierto, pero no significa que no puedas, ¿o sí?

> Bueno no es que no pueda nunca, pero ahorita como está la situacion imposible

> Empieza por averiguar, de pronto es más fácil de lo que te imaginas, y después vemos las opciones.

Marcela estaba satisfecha porque la conversación se encaminó según lo planeado. Nancy se sintió amenazada con la idea de que su hermana quisiera estudiar: sabía que Marcela era mucho más inteligente de lo que ella misma había notado y que eso (sumado a su carisma y a su belleza) la relegaría (como cuando eran adolescentes) a un segundo plano. No podía permitirlo y aunque por el momento el tema había quedado aplazado, no tenía dudas de que su hermana volvería a tocarlo más adelante. Era muy importante mantener las cosas como estaban, ser ella la cabeza de la familia, de la empresa y quien determinara el destino de las tres.

PARTE 3: CLAUDIA

11

La vida en Nueva Zelanda había superado sus sueños más ambiciosos. Era tenerlo todo: se despertaba rodeada de naturaleza con las comodidades de la ciudad a pocos minutos, siempre se sentía segura sin importar si caminaba por una calle solitaria y poco iluminada en medio de la noche, y cada día vivía experiencias que le daban un nuevo significado a la palabra «adrenalina».

Los primeros meses en Auckland tuvo la misma sensación que cuando se mudó a Bogotá en la universidad, esa emoción que traen los descubrimientos cotidianos. Era verano, y ya le habían advertido los compañeros de la oficina que en invierno sería muy duro para ella (lo habían observado antes con otros periodistas que venían de países tropicales), así que decidió sumergirse en todo lo que pudiera hacer en esos días en los que el sol salía antes de las seis de la mañana y se ocultaba casi a las diez de la noche.

—¡Es mágico! —le decía a Jota mientras se quedaba mirando el atardecer—. Todavía no me lo creo.

—Yo me siento agotado; a esta hora ya deberíamos estar en pijama. Esto es lo que no me ha dejado cuadrar el sueño.

Los primeros fines de semana se enfocaron en recorrer la ciudad de esquina a esquina, pero pronto empezaron a escuchar que el plan favorito de los kiwis (el apodo de los neozelandeses) era hacer *tramping*.

—¿*Tramwhat?* —preguntó Claudia en un almacén lleno de equipo deportivo y descubrió que era la palabra local para caminar en la montaña.

Su primera salida la hicieron a la isla Rangitoto. Tomaron el ferri a las diez de la mañana y, siguiendo las recomendaciones, empacaron una chaqueta impermeable, algunos bocadillos y agua. Mientras se alejaban de la ciudad, ella no dejó de tomar fotos de la silueta de los edificios en el horizonte, coronada por la enorme antena en forma de aguja de la *Sky Tower,* que se podía ver casi desde cualquier lugar de Auckland.

—¿Puedes creer que mide 328 metros? La Torre Colpatria no llega ni a doscientos.

A todos los datos de ese estilo que ella iba encontrando en internet, él respondía levantando la ceja sin darle demasiada importancia.

—¡Aaaaaanda!, ¿no hay nada que te emocione? ¡Mira el color de este mar!

A Jota, efectivamente, le costaba emocionarse. No porque despreciara el espectáculo que se abría ante él, sino por el vacío al estar tan lejos de su mamá, pero era incapaz de admitirlo. ¿Cómo decirle a Claudia que ese era el motivo por el que quería regresar a Colombia? Su horario descuadrado se debía (en gran parte) a que chateaba con su mamá por WhatsApp cuando era de día en Bogotá, pidiéndole que le contara detalles cotidianos como el clima, la salud de cada persona de la familia y hasta las noticias que él mismo leía en los portales de internet.

Después de desembarcar, hicieron la caminata hasta la cima del volcán que había dado lugar a la isla, seiscientos años atrás. El sendero estaba formado por el antiguo recorrido de la lava y podían percibir el terreno rugoso bajo las suelas duras de sus botas. En medio del negro material petrificado habían crecido arbustos de color verde intenso entre los que se podían escuchar (y a veces observar) algunos pájaros. Desde la cima, que apenas superaba los 250 metros, se veían Auckland y las poblaciones vecinas, el mar de diferentes tonalidades de azul y el cielo sin una sola nube. Divisaron algunos hidroaviones y en el descenso exploraron una cueva de lava que no era muy profunda. Antes de regresar a la ciudad visitaron las *bach*, casas de verano que fueron construidas entre 1920 y 1930, algunas de ellas restauradas y otras habilitadas como alojamiento por las autoridades del parque.

Aunque a Jota le costaba sentirse pleno en Nueva Zelanda, no podía negar su admiración por el estilo de vida de los locales. Nunca había visto un mejor balance entre la naturaleza y la urbe, entre el trabajo y el ocio, entre la calma y la aventura. Claudia pensó que ese sería el camino para enamorarlo de su nuevo país y empezó a programar paseos en cada momento libre que tuvieran, o a pedir en la revista que les dieran proyectos en diferentes partes de las islas.

Los primeros destinos fueron los lugares más cercanos como Devonport, Mission Bay y Omana. Después se aventuraron un poco más lejos, y fueron al Parque Regional Waitakere Ranges donde subieron a Lion Rock e hicieron un pequeño recorrido del Hillary Trail, que les permitió ver impresionantes riscos y la vegetación nativa.

Ella lo convenció de que empezaran a utilizar parte de sus salarios para comprar equipo para acampar: carpa, colchonetas inflables, sacos de dormir, estufa, menaje... Cada vez que iban a uno de los almacenes de montañismo se preguntaban cómo habían podido vivir tantos años sin todas esas cosas que vendían allí.

Jota estaba impresionado con lo camaleónica que era Claudia. De los vestidos florales que usaba en Cartagena había pasado a los jeans y suéteres en Bogotá, y en su nuevo hogar el estilo incluía pantalones de secado rápido, camisas transpirables, chaquetas de lana de merino y botas impermeables. Pero el cambio no era solo en la forma de vestirse: casi no usaba maquillaje, hablaba en inglés todo lo que fuera posible (inclusive con él) y se esmeraba en aprender los platos locales, aunque al final renegaba de lo dura que era la carne de cordero o de lo grasoso que le quedaba el *fish and chips*.

Antes de que llegara el invierno alquilaron un carro para conocer dos ciudades que les habían recomendado mucho: Rotorua y Taupo.

En su ruta vieron piscinas de barro hirviendo que burbujeaba; admiraron los géiseres y las cascadas; sintieron el olor intenso de los minerales volcánicos; descubrieron la cultura de los maorís (aborígenes que vivían en Nueva Zelanda cuando llegaron los conquistadores); visitaron un centro de investigación y conservación de kiwis (las aves endémicas y más características del país); intentaron nombrar todos los colores de los ríos, lagos y montañas; disfrutaron de las aguas termales y, lo que más deslumbró a Claudia, visitaron Hobbiton, la locación construida para recrear La Comarca en las películas de *El señor de los anillos*.

Como estaba previsto, la llegada del invierno les transformó la perspectiva y Jota pensó que sería el final de esa aventura y la posibilidad de regresar donde su mamá. Claudia se levantaba cada día renegando de las pocas horas de luz, del frío que le dolía en todo el cuerpo, de los pocos lugares a los que podían ir, de la falta de ciertos productos en el supermercado. Sin embargo, cuando él mencionó que nada los ataba y podían volver, ella lo descartó.

El siguiente año lo vivieron de manera similar: ella cada día más feliz y adaptada y él con mayor nostalgia y sentimiento de culpa. Vivían sin excesos y cada mes ahorraban algo de dinero. Compraron una van usada y remodelada con todo lo necesario para dormir y cocinar (que inclusive tenía un baño para emergencias) a la que bautizaron Esmeralda. Fueron extendiendo las fronteras, el alcance y la dificultad de sus paseos: ascendieron hasta la cima del volcán Tongariro creyendo que el viento los iba a disparar hacia los lagos de color turquesa en cualquier momento, visitaron Wellington para sumergirse por dos días en el Museo Nacional, cruzaron hasta Picton en el ferri para aventurarse en la isla Sur, condujeron hasta Nelson, caminaron por la playa en Abel Tasman y por el borde de los riscos para llegar a Angelus Hut, lo cual sirvió para que una de las publicaciones de Claudia en el blog de la revista fuera la favorita de los lectores ese mes, y ella lo interpretó como la confirmación de que Nueva Zelanda era su nuevo hogar.

Caminando con todos los sentidos – Claudia Ramos

Voy caminando entre rocas volcánicas por el filo de la montaña. A mi lado derecho puedo intuir una caída profunda, pero la crema blanca de las nubes no me deja ver más allá de unos metros, dándome la falsa ilusión de que el abismo no está ahí. Un paso más y el terreno cede bajo el peso de mi bota, pequeñas piedras ruedan hacia un destino que ni siquiera puedo imaginar. Percibo cómo se acelera mi corazón, mi cuerpo entero adopta la postura de un animal que caza, mientras un pequeño hilito de sudor se desliza por mi sien. Me detengo, cierro los ojos, respiro profundo. No pasa nada, puedo hacerlo, no pasa nada, puedo hacerlo. El camino es el camino. El camino lleva ahí muchos años. El camino sabe hacer su trabajo de llevarme. Tengo que confiar. No pasa nada, puedo hacerlo.

Atrás escucho a Jota hablando con Sierra, con quien ya llevamos un par de kilómetros caminando. Hablan de las montañas de Colombia, de por qué está sola en Nueva Zelanda haciendo esta caminata, de su vida en el sector financiero, de Indonesia. Los escucho como si su voz viniera de un televisor en el cuarto de al lado cuando uno empieza a dormirse: lejanos, abstractos, ajenos. Hablan mientras caminan, como si el camino no necesitara su silencio.

Aprieto un poco el paso para no escucharlos. El camino se hace más estrecho; vamos por una pared de rocas y de nuevo mi espalda se tensa y se siente incómoda con el peso del morral. Puedo oler mi propio miedo. El miedo a caer, a lastimarme, a que nadie me recoja. El miedo que finalmente es miedo a morir. Sostengo con la mano derecha los dos bastones mientras con la izquierda me agarro de las rocas para creerme un poco más estable. Puedo percibir en su superficie rugosa y puntiaguda la humedad de la mañana que empieza a subir de temperatura. De nuevo algunas piedras ruedan por el abismo y me detengo con la excusa de tomar un poco de agua, solo para repetir de nuevo: no pasa nada, puedo hacerlo, no pasa nada, puedo hacerlo. Saboreo el residuo plástico de la boquilla de mi botella mezclado con el sabor dulzón del agua fresca que sigue tan fría como cuando la llené hace varias horas.

Un último ascenso y llego al caballete. Por unos segundos las nubes desaparecen y veo, al otro lado del filo, un par de lagos conectados, una construcción mediana, otra más pequeña y algunas carpas. Una sonrisa que nadie alcanzó a ver desaparece rápidamente de mi rostro. No pasó nada, pude hacerlo. Jota me alcanza y descendemos juntos los últimos metros. El letrero de «Prohibidas las botas en el refugio» nos da la bienvenida: es el Angelus Hut.

Cuando Claudia le sugirió que se mudaran a Queenstown, Jota supo que no había vuelta atrás.

—¿Y el trabajo? —preguntó con la esperanza de que la necesidad del dinero la hiciera cambiar de opinión.

—¡Es la mejor parte! Ya encontré un *caravan park* en el que podemos vivir gratis en Esmeralda y trabajar en la recepción.

—¿Vivir de manera permanente en la van?

—¡Sí! ¿Te imaginas? ¡Es un sueño!

Claro que no era un sueño. A él le parecía una pesadilla. Una cosa era viajar, pero otra muy distinta era vivir. Seis metros cuadrados para dormir, cocinar, comer y escribir no eran suficientes para nadie. Pero la determinación de Claudia era de hierro. Vendieron las pocas cosas que tenían, donaron gran parte de su ropa y un mes después cruzaron de nuevo el estrecho de Cook, se sumergieron en las aguas termales de Hanmer Springs, descansaron por unos días en Christchurch, se dejaron deslumbrar por las estrellas en el lago Tekapo, hicieron algunas caminatas cerca a Wanaka y llegaron a Queenstown justo a tiempo para iniciar la inducción en el parque que sería su nuevo hogar.

El lugar era bastante amplio. Había un espacio delimitado para quienes pasaban allí largas temporadas en el que podían estacionar su van y disponían de un par de metros cuadrados de privacidad. Tenían acceso a la cocina, los baños, la lavandería y el cuarto de televisión comunales. Había algunos empleados fijos que vivían en la ciudad, pero la mayoría eran extranjeros como ellos o jóvenes locales que iban a trabajar durante el verano para ahorrar. El ambiente era relajado y muy limpio, como todo en Nueva Zelanda.

Queenstown era conocida como la capital global de los deportes de aventura. Fue allí donde se hizo popular el *bungee jumping* y cada verano llegaban viajeros de todo el mundo para vivir la adrenalina saltando desde el acantilado más alto del planeta, deslizarse en la tirolina más empinada, lanzarse en la catapulta humana más grande o balancearse en un columpio gigante. Otros, más convencionales, iban para tirarse en paracaídas, desafiar los rápidos en botes a alta velocidad en el río Kawarau, volar en parapente o rodar por senderos de montaña en bicicleta, moto o cuatriciclo.

En la ciudad vivían alrededor de quince mil personas que recibían más de 1.3 millones de turistas al año. La zona urbana se extendía en la orilla del lago Wakatipu, cuyas aguas de un azul intenso contrastaban con las montañas verdes durante el verano y blancas en el invierno. En el centro de Queenstown se encontraba la zona comercial, enfocada principalmente en los turistas, donde podían encontrar restaurantes, bares, cafés, tiendas de helados, ropa y artesanías, así como toda la oferta de actividades de aventura de la zona. En invierno, aunque había menos cosas para hacer, también llegaban miles de visitantes a esquiar o a deslizarse en tabla sobre la nieve. El plan era irse antes de que empezaran los meses más fríos del año: si para Claudia había sido difícil estar en Auckland, vivir en una van sería más complicado.

Su primer verano allí estuvo bastante ocupado y quedaban tan cansados de atender a los clientes del parque que calentaban alguna comida congelada en la cocina comunal y se iban a dormir sin ganas de hacer nada más. Cuando empezó el otoño el turismo bajó ligeramente y también lo hizo la planta de empleados, por lo que sus tareas se multiplicaron. Claudia siempre estaba alegre y Jota no podía sentirse más infeliz, pero apenas pasaban tiempo juntos porque a ella la habían nombrado directora de servicio al cliente y a él lo habían asignado al área de mantenimiento.

—Me voy —le dijo Jota el día de su cumpleaños cuando, llegada la noche, ella ni siquiera lo había felicitado.

—Espera organizo estos papeles y ya te alcanzo —le respondió sin levantar la mirada.

Él se quedó parado en frente de su escritorio, en silencio.

—¿Me esperas entonces? O si tienes hambre ve calentando y ya te alcanzo.

Sin energía para discutir, se fue hacia la van, empacó su ropa y salió caminando hacia un hostal. Casi dos horas después Claudia lo llamó.

—¿Qué te hiciste?

—Me voy.

—Ajá, ¿pero a dónde?
—Me voy a Colombia.
—No joda, Jota, deja la bobada. ¿Te pusiste sentimental o qué?
—Ni siquiera te acordaste de mi cumpleaños.

Ella se quedó en silencio mientras hacía memoria de la fecha e inventaba una excusa.

—*Ñerda*.
—Sí.
—Pero en Colombia apenas vas a cumplir... Encontrémonos en Joe's, nos tomamos algo, celebramos y hablamos.

Jota sabía que verla sería abrir la puerta para que lo convenciera, y él llevaba muchos meses mostrándole que no era feliz e insinuándole que regresaran a Colombia. Sabía lo que tenía que hacer y la única manera era sin despedirse. Le dijo que se encontraran en el bar en una hora, pero cuando colgaron apagó el teléfono, le envió un correo electrónico al administrador del parque con la renuncia y compró un tiquete de avión rumbo a Auckland que saldría a primera hora del día siguiente.

Estaba devastado, con el dolor de romper la promesa que le había hecho de no dejarla nunca. Sin embargo, su vida en los últimos meses no tenía ningún sentido, cada uno estaba completamente enfocado en su trabajo (que en el caso de él además era completamente manual, sin ningún desafío intelectual), viviendo en un espacio pequeño e incómodo, estirando al máximo el dinero para poder sobrevivir. Su relación se había convertido en la convivencia de dos compañeros de cuarto, apenas hablaban de los temas que eran importantes a nivel personal y, aunque él seguía sin tener una respuesta para la pregunta de Claudia «¿qué quieres ser realmente?», tenía claro lo que no quería ser: un empleado de mantenimiento, un esposo desconectado del matrimonio, un campista permanente, un hijo ausente.

Se guardó el dolor de irse sin ella; sabía que no podría convencerla, y obligarla no era una opción. Tenía claro que Claudia lo iba a culpar y a odiar, y se dispuso a sumar esos reproches a la historia de su matrimonio fallido para que ella pudiera seguir adelante.

12

Claudia llegó al bar media hora tarde y no encontró a Jota por ningún lado. Le dio rabia que no la hubiera esperado; solo se había detenido unos minutos a conversar con una pareja de japoneses que le preguntaron en dónde comer. Para ella el tiempo era algo difícil de medir, había decidido que la puntualidad era irrelevante y contaba con que él después de tantos años juntos lo supiera.

Mientras caminaba de regreso, sudando por la pendiente de la colina, pero muerta de frío por el viento helado en la cara, decidió que como era el cumpleaños de Jota no le iba a reclamar por no haberla esperado. Paró en el supermercado donde encontró una caja de *muffins* de manzana que le servían como pastel improvisado. Cuando se acercó a Esmeralda encontró todo en silencio y a oscuras. No estaba. «¡Ahora sí me va a oír, no joda! ¿Para dónde se fue?» pensó mientras se quitaba la ropa y se ponía la pijama, pero al abrir el cajón se dio cuenta de que faltaban las cosas de él. Lo llamó al celular y la llamada entró al buzón.

—Podrá ser tu cumpleaños y lo que quieras, pero esto no se hace. ¡Te compré un pastel y traje vino para celebrar! Espero que llegues sobrio y no hagas mucho ruido, mañana tengo que salir temprano al aeropuerto a recoger a un grupo de canadienses.

Se acostó furiosa y le costó mucho dormirse. Veía el reloj cada diez minutos y empezó a inquietarse, pero se consolaba pensando que lo más grave que publicaba el semanario local era cuando algún adolescente rompía los vidrios de los carros después de una noche de licor.

Cuando sonó el despertador en la mañana se sorprendió de que Jota no hubiera vuelto y se preocupó de verdad. Le pidió a un compañero del parque que fuera al aeropuerto mientras ella intentaba encontrarlo. El celular seguía apagado y nadie lo había visto desde la noche anterior. Al hablar con el administrador del parque, le informó que él había renunciado por correo electrónico.

Pensó entonces en lo que le había dicho, aquella idea ridícula de regresar a Colombia. «Jota no es capaz, él no me haría esto». Era consciente de que su esposo no se había adaptado a Nueva Zelanda «del todo», pero (a su parecer) era cuestión de tiempo. En especial recordaba las decenas de veces que le había jurado que nunca la dejaría.

Muchas veces habían hablado de lo que significaba el abandono para cada uno de ellos. Aunque ambos habían sido adoptados, sus experiencias eran completamente distintas. En la familia de Claudia habían sido siempre muy abiertos con el tema, desde pequeña rezaban por sus padres biológicos, cuando era niña en sus dibujos incluía un par de figuras de ángeles y le enseñaron que era afortunada por tener dos familias, aunque nunca tuvo contacto con sus orígenes. Sus padres le habían inculcado la importancia de ser independiente, la impulsaban a que probara cosas nuevas, a que hiciera amigos en todas partes, a que se sintiera especial por ser adoptada. Jamás le negaron un permiso para irse a dormir donde sus amigas o para salir de paseo; sus papás confiaban en que ella sabría tomar las decisiones correctas.

El caso de Jota era muy distinto. Además de que su familia le había ocultado que era adoptado hasta el momento en que fue inevitable que lo supiera, su mamá vivió siempre con el miedo de que se lo quitaran y se volvió sobreprotectora. La historia de su adopción era el mayor secreto que Mariela guardaba, solo dos personas más lo conocían: su prima Elena (que había muerto pocos años después del suceso) y la madre biológica de Jota. La verdad la atormentó toda la vida, pero ella sabía que, si se descubría lo que había hecho, se destruiría la imagen de mujer católica, esposa dedicada y madre consagrada que había mantenido a lo largo de los años.

Los padres de Jota, Mariela y Carlos, llevaban cerca de diez años casados y no habían podido tener hijos. Era una frustración, un fracaso, especialmente para ella que desde pequeña había soñado con ser madre. En alguna oportunidad le había sugerido a su esposo que adoptaran, pero él lo había rechazado afirmando que un desconocido podría venir con problemas genéticos y eso era algo que él no estaba dispuesto a aceptar. Ella sabía que lo que le daba miedo no eran las enfermedades, sino que, por ejemplo, su hijo tuviera la piel más oscura que la de ellos o que se comportara de una forma inapropiada.

El miedo de perder a Carlos la llevó a tomar una decisión arriesgada. Vendió todo lo que pudo para reunir la mayor cantidad de dinero posible: las joyas que había heredado de su mamá, la máquina de coser que llevaba años guardada en el zarzo, la ropa que no usaban y hasta su colección de muñecas de porcelana. Le tomó varios meses recolectar una suma que fuera atractiva para su plan y algún tiempo más reunir el valor necesario para ejecutarlo.

Cuando estuvo lista, buscó el día apropiado para hablar con Sonia, la mujer que les ayudaba en la casa. Sin muchos rodeos le explicó que quería proponerle un negocio muy lucrativo con el que podría regresar a su pueblo y no tener que trabajar nunca más como empleada doméstica. Mariela sabía que Sonia era una joven ambiciosa y también tenía claro que su esposo se sentía atraído por su figura esbelta. Ella la había elegido así. Cuando se le ocurrió el plan, casi un año atrás, había considerado que no solo necesitaba tener el dinero, era indispensable que la mujer elegida fuera joven, saludable, que conservara algunos rasgos físicos similares a los suyos y que le gustara a su esposo.

Después de rechazar a muchas candidatas que las empleadas de sus amigas le iban refiriendo, cuando conoció a Sonia supo que era la indicada. Le pidió a su esposo que le hiciera un examen médico completo con la excusa de que no tuvieran que encargarse después de algún problema de salud y, una vez pasó todas las pruebas, le compró uniformes que le resaltaran la figura y le dio instrucciones específicas sobre cómo debía tratar a su esposo.

—Sé que esta no es una propuesta común, pero las dos podemos salir beneficiadas. Se lo voy a explicar otra vez: usted se embaraza de mi esposo, se va para donde mi prima Elena hasta que nazca el bebé y se lo entrega a ella. Yo me encargo de que nunca le falte nada; será como mi hijo.

—A mí... esto me da mucho miedo.

—¿Por qué?

—¿Y si el señor se entera?

—Él no se tiene que enterar de nuestro arreglo, y después de cometer el pecado va a ser el menos interesado en que las cosas se sepan.

No fue tan sencillo como Mariela pensaba, tuvo que explicarle varias veces el plan, resolver todas las dudas que Sonia tenía, darle un adelanto del dinero. Después de varias conversaciones le dijo que si no aceptaba tendría que despedirla y conseguirse otra.

—Sería una lástima que nadie la contrate en Bogotá, sabiendo que usted se robó mis joyas.

Sonia sabía que Mariela era capaz de culparla injustamente, era algo común en su oficio, ya lo había oído varias veces. Siempre sería la palabra de una contra la de la otra y en esa pelea la patrona salía ganando. Decidió aceptarlo como un trabajo más y como la oportunidad de regresar a su pueblo y empezar una panadería, que era lo que realmente quería.

Juntas calcularon los días en que Sonia estaba fértil y después de cuatro meses quedó embarazada. Ante una situación de la que podía sacar ventaja, le contó a Carlos que estaba encinta y le pidió una alta suma para irse de la casa y que no volviera a saber de ella. Después de hacerle los exámenes con los que confirmó el embarazo, Carlos le dio el dinero y Sonia se fue sin que él supiera los planes que había hecho su esposa.

Jota nació en Ubaté, un pueblo colonial en el que la familia de Mariela tenía una finca en la vereda Soaga, a veinte minutos de la zona urbana. Era un lugar lo suficientemente alejado para que nadie preguntara por Sonia, pero cerca para que Elena pudiera mantener a su prima informada y coordinar todo lo necesario. El niño nació en la casa, con una partera de la zona que recibió una buena suma para no comentar nada. Habían decidido dejarlo con la mamá los primeros tres meses para que pudiera amamantarlo, sin pensar que ese lazo que se consolidaba al estar juntos, al sentir la piel del uno con el otro, al verlo crecer cada día, provocaría en Sonia un cambio de opinión.

Elena tuvo que amenazarla con hacerle daño al niño si no se lo entregaba. Sonia no cedió ni siquiera así, sabía que el bebé era demasiado valioso. Finalmente, Elena recurrió a una medida desesperada: le dio burundanga y le pagó a un malandro para que la dejara en su pueblo.

Mariela y Elena siempre tuvieron miedo de que Sonia volviera algún día reclamando a su hijo, pero nunca supieron más de ella y asumieron que, sabiendo que no tenía cómo probar que Jota era su bebé, el asunto había quedado enterrado. Sonia ni siquiera tuvo la oportunidad de buscar a su hijo; la dosis que le dio Elena había sido alta y una vez la sacó de la casa el encargado de llevarla al pueblo se dio cuenta de que no tenía voluntad, la violó y la vendió a un proxeneta. Había algo en el lugar más profundo de los recuerdos de Sonia que la hacía estremecer cada vez que veía un bebé, pero jamás recordó su pasado, ni siquiera su nombre, y los pocos años que vivió los pasó envuelta en un mundo de sombras en el que le costaba separar la realidad de las pesadillas.

Cuando Mariela llegó con el bebé, Carlos lo rechazó.

—No pienso criar un hijo que no es mío.

—Míralo, Carlos, es idéntico a ti. Nadie va a dudarlo nunca.

—Claro que no, no se parece a mí. Y no es mío.

—Es un bebé hermoso, es perfecto, es nuestra posibilidad de ser padres. Él necesita un hogar y yo... y nosotros podemos dárselo.

—Todo esto es ridículo.

Lo discutieron una y mil veces, pero ella no estaba dispuesta a renunciar a su hijo.

—Si el niño se va, me voy con él.

Carlos aceptó que el niño se quedara con una condición: nadie debía saber la verdad.

—Esto no se puede ocultar. ¿Cómo aparezco yo con un niño sin haber estado embarazada nunca? ¿Y a mi edad?

Después de pensarlo unos días la solución les llegó casi por coincidencia. Carlos leyó en una revista médica sobre el embarazo de una mujer que había dado a luz sin saber que estaba embarazada. Era algo poco conocido en Colombia, pero él podría encargarse de fingirlo. Se llamaba «embarazo críptico» y les pasaba a mujeres con algunas condiciones como síndrome de ovario poliquístico, así que Mariela empezó a comentar a sus amigas que tenía los síntomas y que le había empezado la menopausia antes de tiempo, y en menos de un mes fingieron que ella había dado a luz en la casa de una manera inesperada, que gracias a la pericia médica de Carlos madre e hijo habían sobrevivido y que seguirían con los cuidados de un bebé canguro, sin sacarlo del hogar.

Cuando empezaron a recibir visitas, Jota era un bebé de ocho meses que ellos intentaban hacer pasar por uno de cuatro. La reputación de Carlos como médico empezó a crecer en su círculo y decenas de nuevas madres llegaron a su consulta para que las ayudara con sus bebés, quienes habían nacido débiles, enfermos o no lograban subir de peso. La excusa del exceso del trabajo le sirvió para alejarse del hogar y no tener que ver al bastardo todos los días.

A pesar de tener los genes de su padre, Jota nunca se sintió su hijo, incluso antes de saber que era adoptado. Carlos era exigente con él, lo trataba con dureza, jamás le demostró afecto y siempre tenía un comentario sarcástico para criticar su forma de ser y sus decisiones.

Cuando supo que era adoptado, se sintió doblemente abandonado. Su mamá intentó consolarlo, explicarle que era su hijo, que desde el primer momento lo había sentido así, pero él comprendió la actitud de su papá y la distancia emocional entre ambos creció mucho más. Carlos ya no sentía la necesidad de fingir y la convivencia se volvió tan difícil que, en cuanto pudo, Jota se fue de la casa. Desde entonces se volvió más apegado a su mamá: necesitaba hablar con ella varias veces al día, saber lo que estaba haciendo y ayudarla en todo lo que necesitara.

En el momento que Jota se enteró de que Claudia también era adoptada pensó que entendería, a diferencia de sus novias anteriores, la relación tan estrecha que tenía con su mamá, y cuando el noviazgo avanzó creyó que compartían los mismos ideales sobre la familia y el compromiso. Y aunque de alguna manera tenían el mismo origen, Claudia era una mujer determinada a seguir sus propios deseos, sin hacer ningún sacrificio por nadie más. Mientras que la infancia de Jota estuvo marcada por el sentimiento de abandono, la de Claudia había estado definida por ser la hija única que lograba todo lo que quería.

13

Después de tres días sin saber de Jota, Claudia le envió un correo electrónico pidiéndole una explicación. Él tardó un par de días más en responderle. Ambos estaban resentidos y cuando ella abrió el mensaje solo leyó la parte que le interesaba: «Sí, ya estoy en Bogotá».

Pensó que vivir sin él sería una liberación. Tenía la idea de que consumía su tiempo, su energía y su vida. Decidió que, si se había ido, ella no se iba a quejar. «Él se lo pierde», les decía a todos los que preguntaban (diciéndoselo a sí misma). «Es un perrito faldero, no puede vivir sin la mamá» y otros comentarios por el estilo solían surgir en las conversaciones con sus amigas.

Se concentró en el trabajo como nunca, sin descansar ni un solo día y asumiendo todas las tareas que le quisieran poner con la excusa de que quería ahorrar, aunque en realidad se escapaba de la cama vacía y de las lágrimas que se le salían cuando estaba sola.

Escribió un artículo sobre cómo superar un rompimiento amoroso, en el que incluyó consejos que ella había seguido a medias:

- Eliminar al otro de todas las redes sociales.
- Dejarles claro a los amigos en común que no quieres saber qué está pasando en su vida.
- No escuchar música. Ninguna. Cero. Spotify te puede traicionar en cualquier momento y entre dos canciones nada-que-ver ponerte esa que todo-que-ver.

Y el más importante, que había seguido al pie de la letra desde el primer día: Haz una lista de todos sus defectos y léelos cada vez que te haga falta.

Todo lo malo de Jota:
- Su nombre.
- La obsesión que tiene con su mamá.
- Las veces que me compara con su mamá.
- Se cree un idealista y no ha defendido una puta idea en su vida.
- No le gusta hacerme sexo oral.
- Tiene tanto miedo de ser escritor que no escribe.
- Cree que la changua es el desayuno ideal (¡me vomito!).
- No sabe qué quiere ser en la vida.

A veces, mientras leía la lista de defectos, empezaba a pensar en las cualidades, entonces terminaba llorando y decía la frase que no se había atrevido a escribir: «¡Y lo peor de todo es que me abandonó!».

Quedarse en Nueva Zelanda sin Jota no era nada atractivo. El costo de vida era muy alto para su salario de empleada temporal, el invierno sería una pesadilla estando sola, la mayoría de las personas que conocía en el trabajo solo se quedaban uno o dos meses y llegó un momento en el que ninguna de las actividades de aventura de la ciudad le generaba emoción.

Un día terminó envuelta en la conversación de otros compañeros del parque que hablaban de irse durante el invierno para Turquía. Vendió a Esmeralda y las pocas cosas que tenía, liquidó los últimos días de salario, regresó a Auckland para tramitar la visa y llegó a Estambul lista para comenzar una nueva vida.

El contraste entre los dos países le pareció fascinante. En Nueva Zelanda todo era organizado, la gente muy respetuosa, los lugares impecables y la comida insípida (solo se salvaba el delicioso vino local).

En Turquía el caos se escondía bajo un orden aparente, todos se comportaban como si fueran amigos, la comida era una explosión sensorial y era difícil encontrar licores de buena calidad. La vida era impredecible y cambiante, había poca planeación y mucha emoción. Comer frutas tropicales, escuchar música en las calles, ponerse vestidos de flores y percibir el olor del mar era la terapia que necesitaba en ese momento.

Sentía la amargura del abandono de Jota, especialmente porque pensaba que nunca le dio señales claras, y decidió que, sin importar cuánto le rogara, nunca nunca nunca iba a volver con él.

En comparación con Nueva Zelanda, todo en Turquía era muy barato. Mientras en Queenstown la temperatura estaba por debajo de cero grados, en Estambul se sentía plena con el calor del verano y dedicó la primera semana a descubrir esa ciudad embriagadora por la que no se había interesado antes y a escribir algunos artículos que después intentaría vender a una revista.

Lo primero que le llamó la atención fueron los perros. Había miles de ellos en las calles, se veían sanos y notó que llevaban una chapa en la oreja. Prácticamente todos los locales comerciales dejaban un bebedero de agua en el andén para los perros y algunos de ellos también les ofrecían comida. Investigando un poco más, aprendió que desde la época bizantina los animales callejeros eran cuidados por los habitantes de la ciudad, que años atrás el gobierno había decretado como delito su maltrato y decidido esterilizar a todos los perros callejeros para evitar que siguieran reproduciéndose. Con el fin de saber de una manera fácil cuáles ya habían pasado por la cirugía y cuáles no, les habían puesto la chapa.

Era evidente que la estrategia había funcionado en varios aspectos: la mayoría de los perros eran adultos —algunos inclusive se veían viejos—, eran tranquilos, mostraban cierto entendimiento de la dinámica de su vida y no solían verse peleas ni comportamientos agresivos. De hecho, se dejaban consentir de cualquiera. Con los días pudo comprobar que en la zona cercana a su hostal estaban casi siempre los mismos y ella misma empezó a cargar algo de comida para darles.

Su siguiente fijación fueron los dulces. Podía quedarse por horas tomando fotografías de las vitrinas en las que los pequeños hojaldres de diferentes colores y sabores estaban perfectamente alineados. Le encantaba entrar a las tiendas, escuchar las explicaciones sobre los ingredientes o las técnicas de cada uno y lograr que le dieran degustaciones para no tener que comprar la cantidad mínima.

Los helados tampoco se salvaron de su curiosidad periodística. Se paraba ante los vendedores para observar cómo atraían a los clientes con sus frases en cada uno de los idiomas y cómo ejecutaban su función: esa especie de danza en la que movían con maestría una enorme vara metálica para extraer cada porción de los recipientes profundos, como si fuera un acto de magia.

Los heladeros se vestían como ilusionistas para una presentación y jugaban con los turistas, que sorprendidos veían el helado estirarse ante sus ojos y derretirse lentamente en su boca. El espectáculo del *dondurma* turco le parecía fascinante y sus vendedores unos verdaderos artistas.

Claudia se dedicó a probar uno a uno los helados que se encontraba, incluso si apenas había terminado de comer el último, e iba clasificando a los heladeros según lo llamativo de la vestimenta (dando prioridad a los que usaban chalecos rojos con bordados dorados y gorro turco), la complejidad de los movimientos al servir el helado, si su presentación era o no divertida (que solía contrastar con sus expresiones muy serias) y, por supuesto, el sabor del *dondurma*.

Estuvo tentada a hacer un análisis de los hombres que iba conociendo, con sus miradas profundas de cejas y pestañas muy pobladas, la piel morena del tono perfecto y sus sonrisas coquetas, pero se había convencido de que la mejor forma de evitar una decepción amorosa era no enamorándose, y con mucha fuerza de voluntad rechazaba a todos los pretendientes que la asediaban para alabar su hermoso cabello blanco, la delicadeza de su figura o sus rasgos exóticos.

Estambul le pareció una ciudad tan seductora que decidió abandonarla antes de enamorarse y evitar la consabida decepción del rompimiento. Tomó un bus nocturno hasta Antalya, y mientras caminaba desde la estación del tranvía hacia el apartamento que había arrendado en Kaleici, el centro histórico, sintió que podía quedarse allí para siempre. La ciudad era muy limpia y organizada, tenía algunas ruinas que daban testimonio de su pasado romano, las fachadas de las casas exhibían las hermosas buganvillas florecidas que de inmediato la hicieron volver a su amada Cartagena y, al llegar al mar, el pequeño puerto y las murallas terminaron de conquistarla.

La vida empezó a tener otro ritmo. Le encantaba perderse por las calles empedradas, probar todas las delicias locales y jugar con los perros y los gatos callejeros. Era extraño tener un apartamento después de vivir tantos meses en Esmeralda. A veces se despertaba en medio de la noche y se asustaba advirtiendo que el lugar era inmenso, a pesar de que solo tenía treinta y cinco metros cuadrados distribuidos entre una salacomedor, una habitación, la cocina y el baño. Desde allí podía ver la vida pasar sin preocuparse por nada, el dinero que tenía era una fortuna en ese lugar y todo era un deleite para los sentidos.

Aunque al principio le pareció extraña la costumbre turca de desayunar lo que para ella era «ensalada griega», después de algunos días se volvió fanática de empezar el día comiendo pepino, tomate, aceitunas y queso feta. Encontró hermosas librerías con propietarios conversadores, a pesar de que no hablaban inglés (y menos español). Se volvió loca por los kilims, los tapetes multicolores con tejidos de hendidura. Escribió varios artículos sobre la personalidad de los turcos, los *gozlemes* (una especie de sánduche) más deliciosos de la ciudad, el legado romano en Antalya, la mejor forma de ahorrar dinero y la leyenda de Cleopatra bañándose en la cercana playa de Alanya.

La vida le parecía hermosa y perfecta, hasta que un día no lo fue. Todo el dolor que había reprimido por el abandono de Jota le cayó de un solo golpe después de un mal sueño. Ella lo amaba, por más que se hubiera esmerado en odiarlo, en realidad lo amaba. Extrañaba despertarse a su lado y juguetearle hasta sacarlo de la cama, pelearle porque no comía cosas saludables, verlo concentrado frente al computador con la angustia de no escribir nada, escucharlo hablar con su mamá y maravillarse de lo cariñoso que era con ella, saber que sin importar lo malo que le pasara durante el día él estaba siempre dispuesto a escucharla y a apoyarla, haber comprobado que por ella iría hasta el otro lado del mundo.

Los momentos más felices de sus últimos años habían sido con él: en Bogotá cuando se fueron a vivir juntos en una casa vieja de Teusaquillo de la que salieron corriendo por los ratones que no los dejaban dormir; en su casa campesina en La Calera que los hacía sentir privilegiados por despertarse en medio de la neblina y desgraciados por tener que sufrir el tráfico de la carretera hacia la ciudad; en su pequeño apartamento de Auckland que sirvió de antesala a la vida minimalista que conocieron en Esmeralda.

Amaba a Jota y lo extrañaba con locura. Sentía ese desgarro interior que no se limita a un solo lugar del cuerpo, que comienza en el corazón o en el útero y hace hormiguear los dedos de los pies o inundar los ojos. No podía odiarlo. Aunque él fuera incapaz de soportar la crítica, a pesar de esa faceta introvertida por la que a veces parecía un hombre malgeniado y que contrastaba tanto con ella, aun sabiendo que no la había vuelto a buscar después de dejarla cinco meses atrás.

Se quedó encerrada en el diminuto apartamento, con las ventanas cerradas, ahogándose en su propia desgracia. Poco le importaron todos los planes que había hecho para ir a conocer las cascadas Düden, las ruinas de Perge o el teatro romano en Aspendos. Pensó que, si sufría lo suficiente, Jota iba a saberlo y llegaría hasta Turquía, aunque no le había dicho que estaba ahí. Se culpó por haber sido una egoísta que le hacía probar su amor siguiendo todos sus arrebatos, una inconsciente que asumió que él era feliz porque ella lo era, una sorda que no lo escuchó todas las veces que habló de regresar a Colombia.

Dejó de bañarse, de comer, de escuchar música. Se despertaba a cualquier hora, encendía el computador, ponía una serie romántica en Netflix y la veía por horas, se quedaba dormida, lloraba, se levantaba únicamente para ir al baño o para recibir un domicilio cuando el hambre la vencía. Afuera había un universo por descubrir, pero ella solo quería encerrarse en sí misma y que el mundo se olvidara de ella.

Y entonces, cuando pensó que realmente a nadie le importaba su vida, un correo electrónico la sacó del letargo. Uno de sus artículos había sido publicado por una revista de viajes prestigiosa en Estados Unidos y se había vuelto viral; le estaban ofreciendo un contrato durante el próximo semestre para una sección mensual permanente.

Otras lágrimas la asaltaron. Era el trabajo ideal después de tantos intentos fallidos. Lloró entre risas, se lavó la cara, abrió las cortinas, se dejó penetrar por el aire fresco de la noche mediterránea, lloró otra vez, dio saltos en la cama, leyó el correo para estar segura de que era para ella, vio su artículo publicado en la revista y las estadísticas de las miles de veces que había sido compartido, dio gritos de éxtasis, se metió a la ducha, se puso un vestido, se maquilló, puso música alegre y respondió el mensaje aceptando la asignación y diligenciando todos los documentos que le habían pedido, incluyendo un resumen de los próximos artículos y las fechas de entrega.

14

Hay miles de contenidos sobre Turquía, desde artículos que son una recopilación de datos hasta videos con una producción sofisticada que Claudia no podía hacer sola. Después de hablar con el editor de la revista sobre lo que había impactado a los lectores en el artículo viral, quedó claro por qué era diferente: era una mujer despechada en un país de ensueño.

No había sido su intención cuando lo escribió, pero releyéndolo con cuidado y revisando los comentarios en las redes sociales, se dio cuenta de que la comparación de los bazares turcos con las dificultades de la vida en pareja ofrecía una visión divertida de la separación amorosa y una perspectiva singular de una mujer que está sola en un país de Oriente.

Siguiendo con la misma línea (comparando el país con el amor), pero buscando alejarse de los lugares comunes, escribió una serie de relatos sobre el paso del calor al frío en el haman (los baños turcos), el fenómeno de la vecería en las cosechas de aceitunas, la satisfacción de llegar al corazón de las granadas, la utopía de las llamas eternas de Quimera, lo que se esconde bajo la tierra en Capadocia y los castillos de algodón en Pamukkale.

Cuando llegó septiembre supo que era el momento de despedirse de Antalya y decidió unir los pueblos mediterráneos siguiendo la Ruta Licia, un camino de 540 kilómetros, dejándose guiar por el mar a la izquierda y las montañas a la derecha. Nunca había emprendido un recorrido tan exigente, pero pensó que era el momento de comprometerse con un reto monumental antes de decidir qué hacer con su vida. Sus amigas se burlaron de su crisis de la edad media anticipada y sus papás se preocuparon de que estuviera sola en lugares tan aislados, pero no había nada que la hiciera desistir de ese propósito: necesitaba demostrarse que podía llevar a cabo la ruta de principio a fin.

En Antalya coordinó con una empresa los detalles logísticos. Su plan era caminar cada día entre cuatro y ocho horas y llegar a dormir a alguno de los pueblos del recorrido. En un morral pequeño llevaría lo indispensable para la caminata: tres litros de agua, purificadores, comida para el día y un par de raciones de emergencia, botiquín, dos mudas de ropa, linterna y una funda en caso de que tuviera que dormir al aire libre. La empresa se encargaría de hacerle seguimiento a diario a través de un dispositivo satelital, reservar los hoteles en cada pueblo y proveerle, una vez por semana, ropa limpia y cualquier implemento adicional que pudiera necesitar.

Su meta era hacer el camino en un mes, así que dejó enviados los siguientes artículos de la revista y convenció al editor de que tuvieran un especial sobre el camino en homenaje a Kate Clow, la mujer inglesa que había señalizado la ruta completamente años atrás.

El primer día se sintió poderosa y emocionada por la decisión que había tomado. El segundo notó que la mochila le generaba fricción en la parte baja de la espalda. El tercero se arrepintió de haberse comprometido con hacer fotos y tener que cargar una cámara pesada con sus accesorios. Cada día se fue convirtiendo en una lucha entre su determinación de hacer todo el recorrido y la realidad de no estar preparada ni física ni mentalmente.

Sus emociones eran tan sinuosas como el camino que transitaba. A veces se despertaba feliz, llena de energía, con la emoción de internarse en los bosques de pinos, encontrar unas ruinas griegas que pocas personas conocen, admirar el mar más verdiazul del mundo o comer granadas recién cortadas del árbol. Otros días anhelaba liberarse de ese compromiso estúpido y quedarse todo el día en la cama o en la piscina del hotel, caminar por la playa o por el pueblo por el simple gusto de hacerlo y no por cumplir una meta, dejarse consentir con un masaje o con un almuerzo caliente, en lugar de comer algo frío en medio del camino sentada en una piedra.

En esa montaña rusa de amor, odio, placer, dolor, satisfacción y decepción encontró a Jota. Llenaba las horas de silencio sosteniendo conversaciones hipotéticas con él, en las que tocaban todos los temas difíciles que ninguno de los dos había soportado escuchar. Lo cuestionaba por haberla abandonado después de su juramento de no dejarla nunca. Él le recriminaba por estar huyendo siempre, por querer renunciar a algo en el momento en que empezaba a salir bien.

Sus diálogos imaginarios a veces eran en voz alta. Exageraba el acento bogotano de él y forzaba al máximo sus expresiones cartageneras. En ocasiones las conversaciones se convertían en peleas y terminaba furiosa con él, que en realidad era ella, caminando en silencio y enojada. Llegó a pensar que se estaba volviendo loca. O que Jota realmente estaba ahí. Que tal vez no era Jota, sino su propio padre biológico acompañándola en el camino. O el espíritu de Tengri, el dios turco del tiempo, jugándole una broma para alargar los minutos en la ruta.

Llevaba un poco más de la mitad del camino cuando llegó a Kas, estaba tan exhausta física y emocionalmente que decidió detenerse por unos días. Había bajado de peso, aunque sentía que los músculos ya estaban más acostumbrados al terreno escarpado: en la última semana había dejado de sentir el dolor punzante en los gemelos y ya no quería llorar cada vez que debía subir una montaña. Le habían salido algunas manchas en la cara y tenía la piel muy reseca. Los pies tenían callos que no pudieron quitarle ni siquiera con una piedra abrasiva en el salón de pedicure.

La población se extendía desde el mar hacia la montaña, ganando desnivel cuadra a cuadra. Había ruinas en medio de construcciones modernas, comida tradicional turca, platos mexicanos y hamburguesas. El ambiente tranquilo de un pequeño pueblo de pescadores contrastaba con los lujosos yates en la marina, y a veces en las mañanas había una pequeña capa de neblina que ocultaba la isla griega de Kastelórizo, a pesar de encontrarse a escasos tres kilómetros de distancia.

Allí se detuvo el diálogo con Jota. El ruido de las conversaciones ajenas, el sonido del mar golpeando contra el malecón o la música de los bares al caer el sol se encargaban de callar todas esas dudas que la habían abordado durante las últimas semanas. Cuando al acostarse sentía deseo de estar con él, optaba por fantasear con cualquier otro, recordando algún chico guapo que había visto durante el día o recurriendo al infalible Adam Levine y sus sensuales tatuajes.

Pensó que podría quedarse en Kas para siempre. No solo como una estación en medio de la caminata, sino como un lugar al que pudiera llamar «hogar». Después de dos semanas sus amigos empezaron a preguntarle cuándo retomaría, y cuando ya llevaba un mes el editor de la revista le informó que se estaba venciendo el plazo para entregar el reportaje sobre la ruta, que se publicaría en la última edición del año.

—Mira, no pares bolas, nena; si no quieres seguir caminando, no sigues y ya está. Avísale a ese jefe tuyo para que lo publiquen el otro año.

—Lo he pensado mil veces mamá, pero ¡ajá! ...yo dije que iba a terminar.

—Sí, por eso, dijiste que lo ibas a terminar, ¡pero no dijiste cuándo!

La idea sonaba tentadora, en especial porque había encontrado el apartamento de sus sueños, en una colina y con una terraza en la que se podía quedar por horas mirando el mar. También se había hecho amiga de una pareja de franceses que estaba iniciando una escuela de *stand up paddleboard yoga* y le habían propuesto trabajar con ellos en comunicaciones y mercadeo.

Después de pensarlo por algunos días y de poner en orden sus ideas, decidió que no podía decidir, tiró una moneda al aire cinco veces y cuatro de ellas el resultado fue el mismo: seguir con el camino. Coordinó con la agencia el resto de la ruta y, dos días después (sin darse tiempo para mirar atrás) salió rumbo a Fethiye.

Para su sorpresa, Jota no volvió a acompañarla. Lo notó una semana después cuando una amiga en común compartió una publicación de él dando unos cachorros en adopción. En ese momento pensó que por fin había logrado dejarlo en el pasado y que todo lo que venía era ganancia. También se dio cuenta de que su cuerpo y su mente estaban mejor preparados. Cada día se despertaba con la expectativa de lo que encontraría en el camino, se tomaba con mayor tranquilidad los tramos difíciles, se detenía con frecuencia y sin ansiedad a tomar fotografías o a escribir sobre algo que le llamara la atención. Inclusive, cuando le faltaban menos de dos días, pensó que podía seguir caminando indefinidamente. A menos que llegara el invierno. O que el camino no fuera seguro. O que se le acabara el dinero. O que la ruta dejara de ser linda.

El destino final de la ruta, Fethiye, recogía de manera perfecta los mejores sitios que había visitado en la caminata. Tenía un aire de ciudad como Antalya, pero conservaba la autenticidad de los pueblos pequeños. La mayoría de las construcciones eran edificios de cuatro o cinco pisos con vistas a la bahía y casi el diez por ciento de sus habitantes eran expatriados. A pesar de que los barrios se extendían sobre la montaña, había una ciclovía que facilitaba la movilidad por el malecón. Después de descansar un par de días en los que se dedicó a consentirse con cremas hidratantes y masajes, cuando salió a la calle se impresionó al ver el cielo lleno de parapentes: había empezado el festival de los Juegos del Aire.

Las cometas de colores contrastaban con el azul del cielo, con las colinas verdes alrededor, con las casas blancas adornadas con flores, con las playas de arena clara y con el mar profundo en frente. Habían llegado personas de todos los rincones del mundo, convirtiendo las calles en una revolución de acentos, de conversaciones animadas y de información para disfrutar mejor de los espectáculos.

Ver a tantas personas volando inspiró a probarlo, pero durante esos días solo se permitían los vuelos de los participantes oficiales y la estrecha carretera hacia Ölüdeniz, el lugar desde donde se hacían los saltos, servía como punto de control para evitar la aglomeración en la montaña Babadağ. Vio una oportunidad como periodista y solicitó una acreditación de último minuto para tener acceso a los competidores. Así conoció más sobre las diferentes disciplinas y descubrió que estaba en uno de los mejores lugares del mundo para realizar este tipo de actividades: la plataforma para los saltos se encontraba a 1 700 metros de altura y ofrecía una caída magnífica con el mar a poca distancia.

Cuando los parapentistas se fueron, la ciudad regresó a su ambiente calmado y ella al trabajo que tenía pendiente: terminar el especial de la Ruta Licia y escribir los artículos sobre los Juegos del Aire para enviar a diferentes medios. Estar ocupada era su forma de sentirse viva. No había tiempo ni para diálogos imaginarios con Jota, ni para hacer amigos ni para pensar en el futuro. Turquía era una caja de sorpresas y todo lo que iba encontrando le fascinaba.

Casi tres semanas después de horas intensas frente al computador, cuando la adrenalina del trabajo se acabó, decidió visitar algunos de los lugares turísticos cercanos. Su nueva profesión de periodista de viajes, que había surgido sin planearlo, se estaba convirtiendo en un estilo de vida que le sonaba bastante bien. Se estaba construyendo un nombre dentro de la industria, eran pocas las mujeres latinas que viajaban solas y sus historias llegaban muy bien a ciertos nichos de lectoras. La revista para la que trabajaba le propuso un contrato para el año siguiente y otros medios estaban interesados en sus contenidos.

Cerca de Fethiye había lugares que prometían ser muy interesantes. El primero que visitó fue Kayaköy, el pueblo fantasma que fue abandonado en 1923 cuando los cristianos que lo habitaban se desplazaron hacia Grecia. Caminando entre las edificaciones abandonadas casi podía sentir las risas de los niños, los pasos de las mujeres con el mercado y el ruido de las campanas de la iglesia.

Su siguiente destino fue el valle de las Mariposas. Entre dos acantilados una playa estrecha se convertía en un lugar mágico al que solo era posible llegar en barco. En el lugar no había lepidópteros, su nombre obedecía a la geografía: las montañas a los lados del valle daban la ilusión óptica de dos alas abiertas.

Con todo lo necesario para zambullirse en esa vida, se programó para visitar todos los lugares posibles de Turquía, con la certeza de que Jota ya era una historia del pasado.

… CLAUDIA
PARTE 4: JOTA, MARCELA Y… CLAUDIA

15

Haber ido a Medellín y no ver a Marcela no fue tan aburrido como pensaba, pero me queda la espinita del fracaso de la sorpresa. Desde que volví me siento un pendejo por estar loco por ella, darle plata todos los meses y solo recibir cariño virtual.

Conocer a Nancy fue lo más interesante que me pasó. Es una mujer linda que parece que no se ha dado cuenta; hay algo en su actitud que no la deja brillar. Aunque insinuó un par de veces que siguiéramos en contacto, no me interesa tener más relaciones a distancia.

Llevo un buen tiempo sin publicar en @jotaescritor, el trabajo de la universidad este semestre me tiene de cabeza y, a excepción de algunos cuentos que tengo a medio terminar, no he logrado escribir nada que valga la pena. Hablé con un par de amigos que han publicado con editoriales grandes y la cosa es más difícil de lo que pensaba, las regalías son una mierda y el tiempo que se tarda el proceso es infinito. Ahora no sé si volver a la vida de *influencer* o dedicarme a escribir en serio.

—Lo único perfecto en mi vida eres tú… Menos cuando me escondes las medias… ¿dónde putas las metes?

Pobre Maia, le hablo de todas estas cosas que no entiende, hasta que digo «vamos» o siente el sonido de la comida y ahí sí lo comprende todo. Miento, la verdad es que sí entiende, pero se hace la loca (que es distinto).

Mi mamá se ha estado quejando de un «dolor bajito» y me pidió que la acompañe a hacerse unos exámenes, pero tengo demasiado trabajo en la universidad. La pobre odia a los médicos (no sé si es por haber vivido tantos años con uno de ellos). Tiene que estar muy mal para querer ir al doctor, y que se queje conmigo me deja muy preocupado.

Hablando con ella (como todas las noches), me cuenta que los resultados se los entregarán en una semana y que por ahora está tomando unas pastillas para el dolor.

—¿Quieres que me vaya a dormir allá por estos días?

—No, hijo, tampoco es para tanto. ¡Qué bobada tanto trancón para ir a la universidad!

—¿Y si te vienes para acá?

Se queda en silencio por un momento mientras pienso que si tuviera un sofacama podría cederle a ella mi cuarto.

—Mejor esperemos; yo te aviso si hace falta.

Tengo que estar más pendiente; se nota que no quiere darle importancia a la enfermedad y desde que volví de Medellín siento que se está envejeciendo rápidamente. En situaciones así odio ser hijo único. Si tuviera hermanos podríamos organizarnos para cuidarla y no solo yo sentiría el peso de estar pendiente de ella y el miedo de que algún día falte. Al menos desde lo económico le quedó la herencia de mi papá y con eso se mantiene, incluso mejor que cuando él estaba vivo.

La invito a almorzar el domingo a mi apartamento para que no tenga que cocinar, pero me dice que más bien ella me hace ajiaco y la oferta es irresistible. Llego y algo no está bien. La comida está lista y servida, encuentro a mi mamá en el comedor y hace un gesto de dolor cada dos minutos. Me deja hablar todo el tiempo y cuando terminamos se queda sentada en lugar de levantar los platos para traerme cuajada con melao, el postre que no falta desde que soy niño.

—Hoy estás rara.

—No, hijo, deje de imaginarse cosas —me responde mientras aprieta la boca y cierra un poco los ojos.

—¿Qué te duele?

Se para y pierde el equilibrio. Intenta agarrarse de la mesa, me levanto para sostenerla antes de que se caiga y noto que la silla está manchada de sangre. Ella me mira fijamente, con los ojos muy abiertos, no sé si tiene miedo de saberse enferma o de que yo me entere.

Intento mostrarme tranquilo, la ayudo a sentarse otra vez y le llevo un vaso de agua; está temblando y sudando. Aunque insiste con que no es nada, pido un taxi y nos vamos para la Santafé. Lleno los papeles mientras la veo casi desvanecerse en una de las sillas de la sala de espera. Cuando me acerco me dice que llame al doctor Zuluaga, uno de los amigos de mi papá, para ver si la pueden pasar más rápido. Ahora yo me estremezco: está más grave de lo que pensaba.

El médico me reconoce cuando me presento como el hijo del doctor Carlos Gómez. Al mencionar que mi mamá está esperando que la atiendan, me dice que le pase al teléfono a la persona encargada en la recepción, quien reacciona con rapidez a las instrucciones del que posiblemente es el médico de mayor rango en la clínica. Cuando me regresa el celular, él me informa que van a pasar a mi mamá de inmediato.

Algunas personas alrededor me miran con gestos de reproche, pero me importa un culo; mi mamá está por encima de todo y de todos. Una enfermera la llama para que pase, y al ver que le cuesta levantarse nos pide esperar a que venga alguien con una silla de ruedas. Cuando vamos a entrar a la sala de evaluación mi mamá me pide que me quede.

—No voy a dejarte, mamá.

—Es una orden —me responde sacando fuerzas no sé de dónde, porque jamás la había visto tan débil.

Regreso a mi rincón con la esperanza de que no sea nada grave, consolándome con que mi mamá es muy pudorosa para ciertas cosas.

Cuento las sillas de la sala de espera.

Veo mil historias en Instagram.

Bostezo.

Los veo a todos bostezar.

Le escribo a Marcela.

Intento escribir un cuento en el celular.

Subo una foto en el perfil de @jotaescritor.

La ola de bostezos pasa por mi lado una vez más.

Llegan dos hombres heridos que tuvieron una pelea con cuchillo.

Chateo con Marcela un rato, intenta animarme, me aburro y le digo que tengo que irme.

Abro *American Gods* en el celular, pero es imposible leer.

La mitad de los que estaban cuando llegué ya se fueron.

Le pregunto a la recepcionista si sabe algo de mi mamá; por tercera vez me pide que espere a que me llame la enfermera.

Maldigo por no haber traído los audífonos.

Me preocupo pensando que Maia lleva demasiadas horas sola.

Camino hacia la recepcionista quien me hace sentar con una mirada.

Veo a la enfermera que se llevó a mi mamá y le hago un gesto con la mano.

La enfermera me ignora.

Me pregunto si puedo fingir un infarto para que me dejen cruzar al otro lado y saber qué está pasando.

Me levanto decidido a que me dejen cruzar, pase lo que pase.

Amenazo a la recepcionista con llamar al doctor Zuluaga.

La pobre mujer me mira con expresión aterrada y llama a la enfermera.

Me pide que me siente, pero esta vez no obedezco.

Se empieza a formar una fila detrás mío.

Escucho reproches y quejas.

La enfermera sale y me hace seguir.

Siento alivio.

Me lleva a otra sala de espera y dice que el médico vendrá pronto.

Maldita sea.

Maia ya debe pensar que la abandoné.

Siento una mano que me zarandea suavemente, no sé en qué momento me quedé dormido. La luz de la sala de espera es más tenue de lo que recuerdo y cuando miro el reloj es la una de la mañana. Una enfermera que no había visto antes me pregunta si soy el acompañante de Mariela Botero y me pide que la siga a un consultorio. Me recibe un médico con el pelo mojado y peinado lamido que pasa las hojas del historial de mi mamá. Tengo tanto miedo de lo que va a decirme que entierro las uñas en la silla.

Me explica que le hicieron una ecografía transvaginal a mi mamá y al parecer tiene un tumor considerable en el útero. A excepción de la citología que se había hecho esa semana, no hay registro en su archivo del control ginecológico que debería hacerse cada año. Me explica mil cosas más mientras mi cabeza solo repite «cáncer, cáncer, cáncer, cáncer, cáncer…».

—¿Quiere verla? —me pregunta con una tranquilidad que me parece incomprensible para la noticia que acaba de darme.

La enfermera me dirige hacia una camilla aislada con unas cortinas de tela. Me impresiona el silencio del lugar que contrasta con las decenas de personas que vi entrar mientras esperaba noticias. Mi mamá está dormida, tiene varios aparatos conectados y parece tranquila.

—Le pusimos una droga para el dolor, va a dormir toda la noche. Si no hay novedad, mañana temprano le harán unos exámenes que le mandó el médico y la visitará el especialista.

Sugiere que me vaya a mi casa, no es mucho más lo que podré hacer estando ahí. Aunque quiero quedarme, pienso en Maia y en todas las horas que lleva sin comer ni ir al baño, lleno unos papeles más y regreso al apartamento con la cabeza hecha un desastre. La perrita me recibe con un quejidito mientras salta a mi alrededor. Pongo a cargar el celular, la saco a orinar y, aunque intento no pensar en lo peor, termino llorando como un desvalido en medio del frío bogotano. Maia come con desesperación y cuando deja el plato vacío me busca para darme lametazos; ella sabe lo mucho que estoy sufriendo.

Tengo varios mensajes de Marcela sin leer, pero no me dan ganas de contestarle. Me meto a la cama y no logro dormirme. Recuerdo a mi mamá en la camilla y me falta el aire. Verla tan indefensa, tan pálida, tan gris me partió el alma. Maia se acurruca a mi lado y con su respiración logra relajarme.

La alarma suena a las cinco de la mañana. Despierto con la necesidad de respirar una bocanada de aire, como si me hubiera estado ahogando. Maia ladra asustada y me siento desorientado. Es lunes, tengo clase a las siete, necesito noticias de mi mamá. Llamo a la clínica y me dicen que no hay novedades, que el médico pasará a verla después de las ocho. Intento mantenerme calmado y me doy una ducha helada para espabilarme. Otra bocanada de aire, esta vez involuntaria, me recuerda que estoy vivo.

Les aviso a los estudiantes que tengo una emergencia familiar y debemos terminar la clase unos minutos antes. Llego a la clínica y me piden que espere hasta que el médico me busque. Nadie sabe decirme cuánto tiempo será, ni quién es el doctor asignado. Mientras tanto mi mamá está al otro lado de una puerta de vidrio, tal vez confundida, con miedo, sintiéndose sola.

Llamo al doctor Zuluaga, pero esta vez no me contesta.

Pregunto por mi mamá, no hay noticias.

Me sirvo un café de la máquina.

Boto el café que por error serví con azúcar.

Marcela me marca, pero rechazo la llamada.

Miro la hora en el celular y un minuto después no sé qué hora es.

Intento leer, pero no soporto la conversación de Sombra con Jacquel sobre la señora Goodchild.[5]

Veo a un médico que camina hacia mí.

Me levanto y le hago una seña.

Me pregunta si soy el esposo de Verónica Penagos.

Un hombre, tres sillas a la derecha, se pone en pie y dice que es él.

Le pregunto al doctor si sabe algo de mi mamá.

Niega.

Falta un cuarto para las diez.

Odio no saber qué está pasando y, a pesar del cansancio, mi mente inventa una teoría tras otra, cada vez con peores resultados.

Acompañante de Mariela Botero.

Salgo corriendo hacia la puerta.

---

[5] Neil Gaiman, *American Gods*, Roca Editorial, 2012.

La enfermera me informa que ya tienen todos los exámenes de mi mamá y la deben operar de urgencia; necesitan que firme algunos documentos. Me tiembla la vida pensando que las cosas pueden salir mal. Mi mamá lo es todo. Sigo sus instrucciones como un autómata, lleno datos en formularios, entrego la tarjeta de crédito, firmo al lado de las equis.

—¿Puedo verla antes? —suplico.

—Espere aquí, creo que la están preparando para la cirugía.

Uno, dos, tres, cada segundo es eterno. La veo llamar sin ningún gesto.

—Alcanza a verla. Sígame —me informa después de colgar.

Camino por un pasillo que no quiero recordar nunca pero que sé exactamente cómo luce. Treinta y seis pasos, una puerta a la derecha, diez pasos, una firma en un formulario, veinte pasos más, mi mamá acostada en una camilla intentando sonreír cuando me ve. No sé si devolverle la sonrisa, llorar o enojarme. No sé si estoy molesto con ella o conmigo. Me extiende los brazos y puedo ver la aguja clavada en la mano huesuda, su piel más delgada que nunca, sus ojos hundidos, su pelo enmarañado.

—Todo va a estar bien —le digo diciéndomelo a mí mismo.

—Sí, lo sé —me responde, fingiendo una sonrisa.

Tengo tanto miedo que no quiero que se la lleven para ningún lado, pero la enfermera me avisa que ya deben empezar la preparación para operarla. Mi mamá me da un beso en las manos y yo le devuelvo otro en la frente.

16

Nunca me imaginé que el último recuerdo que me quedaría de mi mamá sería el sabor salado de su frente. Ahora, mientras lleno los papeles de la funeraria, entiendo lo que ella sintió cuando tuvo que hacer lo mismo el día que falleció mi papá y yo estaba en Nueva Zelanda. Me avisó después de que estaba muerto para que no tuviera la oportunidad de devolverme y fingió que no había sabido cómo enviarme un correo electrónico.

Sé que la están preparando en la sala contigua. Elegí el ataúd del color caoba que le hubiera gustado y pedí que la maquillaran un poco para que conservara la imagen de señora elegante que siempre tuvo. Gregorio me ofreció hacerse cargo de Maia y con eso demostró que es el mejor amigo del mundo. Si Claudia estuviera aquí todo sería más fácil.

La sala de velación está llena de lirios blancos, como a mi mamá le hubiera gustado. En una esquina del salón hay café y agua aromática, y los de la funeraria se encargaron de seleccionar la música para que nunca haya silencios incómodos. Mi prima Nadia le avisó a toda la familia y sé que empezarán a llegar en cualquier momento.

Quiero quedarme unos minutos a solas con mi mamá. Decirle que la amo, aunque se haya muerto. Decirle que es la mujer más importante de mi vida, aunque no sea mi verdadera madre. Decirle que me arrepiento por haber sido tan mal hijo, por haberla dejado para irme detrás de Claudia y por no haber estado pendiente de su salud.

Se lo digo con los ojos y la boca cerrados. Se lo digo con el ataúd cerrado porque no quiero verla, porque no quiero olvidar el sabor de su frente ni la última sonrisa que me dedicó.

Me cuesta pensar que hay una vida en la que ella no va a estar. Mi cerebro está cansado de batallar con esta realidad que ahora me golpea de frente y para la que nunca pude haberme preparado. Siento rabia de que todo haya pasado tan rápido. ¿Por qué no me di cuenta de que estaba enferma?, ¿ella lo sabía?, ¿me lo ocultó? Descarto la idea, mi mamá jamás me mentiría. Los recuerdos me atropellan, en especial la certeza de que no habrá un futuro para los dos. Dicen que ninguna madre debería sobrevivir a sus hijos y yo siento que la única persona que puede ayudarme a sobrepasar este momento es justamente quien yace en el ataúd del centro del salón.

Marcela llega antes del entierro. A pesar de que le dije mil veces que no viniera, insistió en acompañarme. La abrazo como quisiera estar abrazando a mi mamá, como si ella fuera la última persona que me queda en el mundo. Sabe cuándo estar ahí y cuándo dejarme solo, cómo atender a los amigos y a los extraños que vienen al velorio.

En el cementerio me toma de la mano y me da fuerzas para despedir a mi mamá. Digo unas palabras de agradecimiento que no alcanzan a ser ni de lejos lo que ella se merece, pero es lo único que me sale de la boca ahora que solo quiero llorar. Llorar en los brazos de Marcela. Llorar con los lametazos de Maia. Les agradezco a los familiares, a los amigos, a los estudiantes de la universidad, a tantas personas que intentan consolarme en este momento que nada me importa y que me sé el peor hijo del mundo.

En mi apartamento todo sigue normal. Como si no se hubiera enterado de que mi mamá murió. ¿Cómo la vida puede ser tan cruel? Marcela se encarga de pedir algo de comida a domicilio, y cuando Gregorio trae a Maia de regreso, entre ellas hay amor a primera vista.

Me siento cuidado por esta mujer a la que llevo meses engañando y me odio por seguir ocultándole la verdad como un cobarde. Me gusta esta nueva faceta de ella, y ahora que soy tan vulnerable está haciendo que nos conectemos mucho más. Me ayuda con las cosas del apartamento y vamos juntos a la casa de mi mamá para organizar todo.

Es difícil cerrar la vida de alguien. Saber que a pesar de que ya no está, el espacio la sigue acogiendo. La siento en las pequeñas cosas que hay alrededor y que tienen un significado enorme para mí. En las porcelanas que le encantaba coleccionar. En la mesa de noche donde se quedó servido el último vaso de agua. En la ropa que llevaba acumulando durante años. En las cremas contra las arrugas. En las revistas de farándula que siempre le encantó leer y que ahora están apiladas en un rincón de la sala.

Me siento avergonzado de abrir sus cajones, como un intruso que asalta su intimidad. Tengo que detenerme con frecuencia porque me sobrepasan las lágrimas, porque un recuerdo surge cuando se levanta su olor al mover la cobija que quedó doblada en el sofá de la sala de televisión, porque siento el vacío de su cuerpo en el espacio que habitaba.

—Lindo, ¡mira! Los álbumes de fotos —me muestra Marcela emocionada al encontrarlos en la antigua biblioteca de mi papá.

Doy un salto de terror. Estoy seguro de que mi mamá tiene fotos mías con Claudia y no me siento listo para esta conversación.

—Después las vemos —respondo haciendo un gesto con el que quiero que entienda que es algo doloroso para mí. Y sí, lo es, no solo por el secreto que estoy guardando, también porque en este momento no estoy preparado para ver fotos de mi mamá. Marcela lo entiende y los guarda en una caja.

Separamos las cosas que voy a conservar de las que quiero regalar y en un rincón del armario me encuentro con una carta de la tía Elena en la que habla de una tal Sonia. Es una historia confusa y decido leerla después con calma.

—Ay, qué interesante ser escritor —dice Marcela después de encontrar algunos cuadernos de mi adolescencia—. ¿Ya has escrito algo sobre mí?

—Claro, eres la protagonista de todos mis sueños.

El proceso nos toma varios días, la carga emocional de estar ahí me supera y, aunque inicialmente quería hacerlo tan rápido como fuera posible, me doy cuenta de que no es fácil dar cierre a setenta y cinco años en una jornada.

Debo encargarme de los trámites legales y es así como me entero de que, además de la casa, mi mamá tenía una propiedad en Ubaté (una finca de la que yo nunca supe), un buen paquete de acciones, un seguro de vida y ahorros importantes.

—Esto no vale nada cuando pienso en que está muerta —le digo a Marcela con lágrimas en los ojos. He llorado tanto los últimos días que ya ni me reconozco en el espejo.

A pesar de que tiene mucho trabajo con la próxima colección que va a lanzar, Marcela se queda conmigo un par de semanas más para ayudarme. Sé que sin ella habría sido muy difícil soportar este dolor. Es la que se encarga de organizar la novena y de mandar los recordatorios a las personas más importantes. En las clases soy apenas un zombi intentando pasar rápido por el contenido para no tener que hablar mucho y poniendo a los estudiantes ejercicios de escritura con el único propósito de olvidarme de todo lo que me está pasando.

Cuando Marcela se va, vivo un segundo duelo. Al menos me queda Maia que no me deja dormir todo el día como quisiera y que siempre se alegra cuando me ve regresar.

Empiezo a pensar en ella de una manera diferente. Además de ser una mujer hermosa (la más hermosa), lo que hizo por mí los últimos días es algo fuera de lo común. La manera en que conectamos íntimamente fue diferente, no solo en el sexo (que fue poco), también en la convivencia cotidiana. Jamás sentí que invadiera mi espacio o que me juzgara por la forma en la que hacía las cosas (sí, Claudia, me refiero a ti y a tus quejas recurrentes porque se me olvidaba soltar el baño o sacar la basura). Con Marcela la vida es fácil; es como si yo fuera el centro de todo para ella, pero sin ser abrumador y sin que pierda su propia individualidad.

Le pregunté un par de veces si quería venirse para Bogotá y fue elusiva en sus respuestas. Me dice que en esta ciudad su negocio de vestidos de baño no prosperaría (y en eso puede tener razón), pero con la plata que me dejó mi mamá me alcanza para que vivamos juntos y que estudie en la universidad algo que proyecte y estructure su negocio. Ella coincide en que ese impulso la ayudaría mucho, pero agrega que extrañaría el clima, a sus amigas y todo lo que tiene en su ciudad.

Creo que cuando termine el semestre me iré yo para allá, tal vez pueda conseguir trabajo en una universidad y despegar de una vez por todas mi carrera de escritor. A @jotaescritor lo tengo muy abandonado y Marcela se ofrece a ayudarme a mantener la cuenta, pero no es el momento de pensar en eso; quiero enfocarme en organizar todo lo que ha ido apareciendo por ahí con la muerte de mi mamá.

Desde Medellín, Marcela sigue siendo mi apoyo principal. Le digo que quiero ir durante las vacaciones para estar con ella y me propone venir.

—¿Y tu negocio? —le pregunto sin entender muy bien por qué cambió de opinión.

—Va muy bien, creo que puedo contratar una asistente. Eso sí, no me podría ir más de un mes, pero con eso te acompaño y te ayudo con todo lo de tu mamá.

Es impresionante el talento que tiene para los números. Me ha ayudado a organizar el proceso de la sucesión y hasta me puso en contacto con el abogado que le ayuda a ella (que está tramitando las cosas más rápido de lo que yo esperaba).

Vivir en la casa de mi mamá quedó descartado. Marcela me hizo ver que está lejos de la universidad, que el barrio está lleno de viejitos y que la casa necesita mantenimiento para hacerla más agradable. Además, vivir en un lugar tan grande, con cuatro habitaciones, no sería práctico para mí.

Termino el semestre a duras penas y los estudiantes lo reflejan en sus trabajos finales que no son de la misma calidad que los del semestre anterior. Mi vida ahora gira en torno a Maia y a organizar el viaje de Marcela durante las vacaciones. Quiero que ella se sienta muy a gusto en un espacio que sea para los dos y me paso a un apartamento más grande, en el que compro muebles nuevos y decoro con la ayuda de Nadia.

Estos meses sin mi mamá son muy tristes y creo que mi vida nunca será igual. Aunque Marcela se esmera por mantenerme animado y me pide que la lleve a conocer Bogotá, el vacío me tiene deprimido la mayor parte del tiempo. Vuelvo a proponerle que se quede del todo, pero ella sugiere que organicemos unos días míos en Medellín y otros suyos acá hasta que veamos cómo evolucionan las cosas. Aunque nunca me pregunta por mi trabajo, imagino que ya se dio cuenta de que no soy un escritor sino un profesor, y yo ni siquiera sé si soy alguno de los dos.

¿Qué quiero ser realmente? Con la plata de la herencia se me agotan las excusas. A veces, con Claudia, soñábamos con tener todo el dinero del mundo y hablábamos de qué haríamos si no tuviéramos que trabajar. Después de describir cómo sería la casa perfecta o de enumerar los países que visitaríamos en velero, la conversación invariablemente nos llevaba a qué queríamos ser. Ella siempre tenía muchas ideas, cada día se inventaba una nueva profesión, yo… solo pensaba en ser escritor y ni siquiera era capaz de decirlo porque la idea me aterrorizaba. «De eso no se vive» era la frase que terminaba añadiendo mentalmente, cuando en realidad mi miedo no era que me faltara la plata, sino que me sobraran las críticas por hacerlo mal.

Un par de semanas antes de que se terminen las vacaciones, Marcela regresa a Medellín y acordamos que iré a verla el siguiente mes. El silencio del apartamento me cae de golpe cuando vuelvo del aeropuerto. Maia también la extraña y los dos pasamos los días con poco ánimo (podría decir que la saco para lo estrictamente «necesario»). Reviso con mayor detalle los álbumes de mi mamá y los documentos que quedaron guardados en las cajas.

Era experta en guardar todo lo que pasaba por sus manos. Encontré recibos de servicios públicos de los años ochenta, tarjetas de Navidad, recortes de periódicos donde salía mi papá, boletines de calificaciones de cuando yo estaba en la primaria y, en medio de todo ese desorden, hay muchas cartas que se cruzó con mi tía Elena y hasta telegramas. Lo que me llama la atención es que parecen hablando en clave: se refieren al «paquete» y al «mensajero», hablan de fechas y de dinero. Quisiera entender toda esa maraña de historias, pero mi tía ya falleció y decido preguntarles a mis primos si tienen algo de ella, tal vez con la otra parte de la correspondencia pueda armar la historia completa.

Me imagino a mi mamá como una espía o siendo parte de una conspiración. ¿Trabajaría para el gobierno o para los narcos? ¿Pertenecería a alguna secta religiosa? ¿Estaría infiltrada en un partido político de izquierda? Me río de mis propias ideas porque si hay alguien con una honestidad intachable es mi mamá.

También tenía algunas cosas de mi papá guardadas, principalmente papeles oficiales y documentos legales. Y por supuesto desentierro una tonelada de cosas mías, fotos que no recordaba, manualidades que hice cuando era niño y muchos cuentos que podría retomar.

No todo está perdido. Si encuentro algo bueno en la historia secreta de su correspondencia con mi tía o en mis textos, tal vez pueda comenzar un nuevo proyecto.

Aprovechando que no dicto clases los viernes, el primer puente de agosto viajo a Medellín para pasar unos días con Marcela. Me encanta su apartamento; aunque no es el mejor barrio y el espacio es pequeño, es de muy buen gusto, como ella. Me lleva a todos los destinos turísticos que se le ocurren y pasamos mucho tiempo hablando sobre el futuro. Concluimos que su mejor opción es estudiar Administración de Empresas y vamos a algunas universidades a pedir información. Ella es una mujer muy emprendedora y tener una estructura teórica seguramente la llevará a triunfar en los negocios.

Pasamos tanto tiempo juntos que me cuesta imaginarme la vida sin ella. Es como si cada cosa que hace estuviera pensada para mí, para hacerme feliz, por eso me esfuerzo también por ser el mejor.

Antes de mi regreso me dice que ha podido ahorrar un poco y está pensando en reunir la cuota inicial para comprarse un apartamento. Me muestra varios cuadros de Excel con diferentes escenarios de cómo la plata que le doy cada mes para pagar el arriendo podría invertirse mejor en pagar un crédito para construir algo pensando en el futuro. Le falta una parte importante del dinero, pero me emociona ver el esfuerzo que ha hecho y lo bien pensado que tiene todo. Inclusive vamos juntos a ver algunos proyectos de apartamentos y al final pienso que sería mejor un espacio grande para estar más cómodos los dos.

Nunca hemos hablado de casarnos, pero para mí cada vez es más claro que quiero vivir con ella. Ya tengo un mejor panorama de las universidades en Medellín y puedo aprovechar el semestre para ir haciendo contactos y mudarme a fin de año.

Antes de regresar a Bogotá, damos una cuota para separar un apartamento que nos gustó mucho a los dos y me voy emocionado de pensar en la felicidad que tendrá ella cuando le proponga matrimonio, aunque tengo que resolver primero el divorcio con Claudia.

17

Me despierta el sonido del celular, antes de que suene el despertador. Es un número desconocido y maldigo mi suerte, seguro es algún borracho. Pongo el teléfono en silencio, pero las llamadas siguen entrando y cada vez que vibra Maia le ladra al vacío, así que sin más remedio me levanto a contestar.

—¡Aló!

—¿Jota?, soy Claudia. Perdona la hora.

Me espabilo de un golpe, llevo meses sin escuchar su voz; ni siquiera pensé que tuviera mi número.

—Sí... hola —respondo sin entender lo que está pasando.

—Acabo de llegar a Bogotá, quise avisarte antes pero apenas anoche conseguí tu celular, supe lo de Mariela y... lo siento. ¿Cómo estás?

Me quedo en silencio al verla tan cerca.

—Perdón, debí esperar a que fuera más tarde.

—No, no, tranquila... Bueno, ya te imaginarás; fue horrible. ¿Dónde estás?

—Todavía en el aeropuerto. Sé que no me esperabas, pero ¿podrías recibirme? Solo por un par de días. El lunes me voy pa Cartagena.

No sé qué decirle. Tal vez tengo demasiado sueño o demasiada rabia o demasiado miedo.

—Es que... quiero verte y devolverte algo que me dio tu mamá cuando nos fuimos a Nueva Zelanda.

Le doy la dirección y organizo un poco para cuando llegue. Me doy una ducha pensando en cómo estará y cómo me encontrará ella a mí.

Cuando suena el citófono, siento una ansiedad que no reconozco y al tenerla al frente pienso que me voy a morir. Es ella. Es Claudia. Está ahí. Me abraza antes de que digamos nada y puedo percibir el olor a coco de su pelo y el calor de su cuerpo que hace tanto dejé atrás. La invito a pasar. Segundos después Maia la saluda y Claudia se agacha para consentirla y acariciarle la panza. Es difícil empezar una conversación, también para ella, y eso ya es una novedad. Le muestro el apartamento y le pregunto si quiere darse una ducha o descansar.

—Sí, necesito bañarme. ¡Ajá, y unos buñuelos! ¿Hay un Pan Pa' Ya! aquí cerca?

Me quedo mirando la maleta que es más pequeña de lo que esperaba.

—¿De dónde vienes?

—De Estambul —me responde mientras se va quitando las joyas para bañarse.

—¿Hiciste conexión allá? ¿No es una vuelta extraña?

—¡Nooooooo!, llevo varios meses viviendo en Turquía. ¡Uffff, te encantaría! Las montañas, la historia, la cultura, la comida.

Me quedo sin palabras y ella aprovecha para meterse al baño. Pongo el café y me doy cuenta de que apenas van a ser las seis de la mañana. Saco a Maia mientras Claudia se ducha y me siento completamente perdido. Le envío un mensaje a Marcela dándole los buenos días, intentando dejar de pensar en Claudia y en lo mucho que todavía la amo.

La amo. Maldita sea.

Cuando regreso está husmeando en mis cosas, sin la más mínima vergüenza. Ya se sirvió el café, tendió la cama, desempacó su ropa y puso algunas cosas en el armario.

—Esto es para ti —dice extendiéndome un paquete.

Lo abro con miedo, intentando imaginar qué pudo haberle dado mi mamá.

—¿Un… ojo? —pregunto sin entender de qué se trata.

—Sí, es un amuleto típico de Turquía. Seguro lo has visto varias veces —responde mientras instala en la lámpara del escritorio el móvil (un trozo de vidrio redondo con varios discos concéntricos en diferentes tonos de azul).

—Casi me da un infarto.

Se ríe y vuelvo a pensar que la amo. Amo su risa franca y sonora que no sale de la boca, sale de todo el cuerpo.

—Esto es lo que tengo de Mariela. —Saca un paquete pequeño de su cartera.

Cuando lo abro me sorprendo al ver que es la argolla de compromiso de mi mamá.

—Pero... ¿por qué?

—Cuando me lo entregó me dijo que debía prometerle que no te iba a dejar nunca. Tuvimos una discusión porque sabes que odio sentirme presionada, y al final me dijo que me lo llevara así fuera como recuerdo.

—Entonces es tuyo —respondo devolviéndole la joya.

Me da un abrazo que siento en cada centímetro del cuerpo. Quiero quedarme así para siempre. Recuerdo que me enamoré de su determinación por lograr todo lo que se proponía, de su alegría sin importar las adversidades, de su capacidad para coordinar mil cosas a la vez, de su adaptabilidad a todo, de su pelo blanco que parece de elfa, de su forma de bailar, de su espontaneidad (que a veces raya en el borde del ridículo, pero ella no se entera). Me enamoré de esta mujer que tengo entre los brazos y que ahora está otra vez conmigo, la mujer por la que crucé el mundo con la intención de hacerla feliz.

—No puedo sostenerle la promesa a tu mamá, no me siento cómoda quedándome con el anillo —me dice bajando un poco la mirada.

—Yo te eximo, al fin y al cabo, fui yo quien te dejó.

Hace una mueca que parece una sonrisa y sé que la amo. Lo que no me queda claro es si ella me ama y todo esto fue una excusa o si únicamente quería librarse de una promesa ahora que mi mamá está muerta.

—¿Vamos por los buñuelos? —me propone cuando el momento se está volviendo incómodo.

Maia se pone feliz al ver que volveremos a salir y Claudia se ofrece a llevarla. Después de desayunar en una cafetería de la Séptima, regresamos al apartamento. Marcela me ha enviado varios mensajes sensuales y me siento más culpable con Claudia que con ella.

—¿Qué planes tienes? —le pregunto mientras la veo jugar con Maia.

—Todavía no sé. Cuando supe lo de tu mamá sentí que necesitaba regresar y acompañarte; apenas me enteré la semana pasada.

Me sorprende darme cuenta de que vino tan pronto como pudo: pensé que simplemente era una escala en su viaje hacia Cartagena.

—Gracias, ella te quería mucho —es lo único que atino a responder y Claudia me devuelve una mirada de incredulidad.

Durante el día, me habla sobre su vida en Turquía, su trabajo como escritora de viajes y todas las experiencias increíbles que vivió. Por primera vez la veo completamente segura de lo que está haciendo, parece plena y centrada. Antes siempre estaba pensando en que el siguiente trabajo o lo próximo que hiciera iba a ser lo ideal para ella; en esta ocasión me da la impresión de que ya lo encontró.

—Hay algo muy tremendo que aprendí en todo esto —me dice con un tono relativamente serio—: lo que hago ahora es lo que quiero seguir haciendo toda la vida. Viajar, recorrer el mundo, encontrar las cosas que nos unen como seres humanos, contarlo en mis artículos, aportar mi visión. —La escucho atentamente esperando a que venga el «pero»; sin embargo, termina la frase.

—Me encanta escucharte hablar así. ¿Te regresas a Turquía entonces?

—Eso no lo sé todavía. Creo que ya cubrí bastante de esa parte del planeta, y ahora que tengo una buena base de lectores me gustaría enfocarme más en Latinoamérica.

Oh, oh. Todas las alarmas se encienden y anticipo que no estoy preparado para lo que viene.

—Se me ocurrió regresar a Colombia del todo, tal vez instalarme acá en Bogotá y... volver a intentarlo.

En ese momento me toma de la mano y me mira de una forma que no reconozco en ella. Puedo notar las primeras arrugas alrededor de los ojos y la piel más manchada que antes. Puedo ver que ya no se preocupa tanto por lucir perfecta y que así me parece más perfecta que nunca. Puedo sentir que todo se me revuelve por dentro y que mi corazón quiere meterse de cabeza en esta relación otra vez.

Quiero decirle que sí, besarla, hacerle el amor, abrazarla toda la noche, ver una película juntos, caminar por Bogotá cogidos de la mano, competir por el amor de Maia, contarle de mis proyectos, escucharla ser feliz. Quiero estar con ella por el resto de mi vida, saber que me ama, que me apoya, que haría todo lo que esté a su alcance para que yo cumpla mis sueños.

Y mientras me da un beso y yo pienso en quitarle la ropa, me doy cuenta de que estoy imaginando una mezcla de Claudia y Marcela, porque la mujer que tengo enfrente no es así, no es entregada ni cariñosa, no es de las que se comprometen para toda la vida, no confía en mi talento.

La aparto antes de avanzar más, me quedo mirándola y pienso en cuánto la amo. Maldita sea, sí que la amo. Suena mi celular. Es Marcela. Aprovecho para levantarme del sofá, camino hacia mi habitación y cierro la puerta.

—Lindo, ¿estás bien? Me has tenido muy abandonadita hoy.

—Lo sé, perdóname. He tenido dolor de cabeza todo el día y estoy metido en las cobijas.

—¡Ay, pobrecito! Ojalá estuviera allá para cuidarte. ¿Ya tomaste alguna pastilla?

—Sí, sí. Tranquila. Eso también me tiene como embobado. Voy a recostarme otro rato y te escribo más tarde.

Cuelgo justo antes de que Claudia abra la puerta. Camina hacia mí de manera decidida y se quita la camiseta mientras me empuja a la cama. Amar este cuerpo que ya conozco me hace sentir una avalancha de emociones que es incontrolable, ya no pienso en Marcela ni en la mentira que acabo de decirle. Siento que la mujer de mi vida está cambiando y quiere estar conmigo.

El resto del fin de semana es como la luna de miel que nunca tuvimos. Le cuento sobre mi trabajo en la universidad, mi intento de ser *influencer*, las ideas de novelas que tengo y ella me hace preguntas, me celebra y me dice que ve en mí todo lo necesario para ser el escritor que quiero ser.

La amo. En medio de todo el idilio mantengo la conversación con Marcela al mínimo, escribiéndole cuando Claudia está en el baño, sosteniendo la historia de mi dolor de cabeza severo. El lunes, camino a la universidad, la llamo para decirle que estoy mejor y que no se preocupe. Ella me cuenta lo que hizo el fin de semana y me dice que vamos a necesitar firmar unos documentos del apartamento esta semana.

Mierda.

No puedo viajar a Medellín.

—¿Y si vienes el próximo fin de semana?

—Podría ser, pero ¿se pueden firmar los papeles?

—Ay, tienes razón, no abren la notaría. ¿Qué hacemos? No podemos perder el derecho a comprar este apartamento, y el próximo mes suben los precios.

Después de pensar en alguna solución concluimos que debo firmar un poder para que ella pueda hacer todos los trámites en mi nombre y así no tener que estar viajando. Aunque lo que quiero es ganar un poco de tiempo mientras las cosas con Claudia toman algún rumbo y decidir qué hacer. Hasta que no sea el momento de firmar la promesa de compraventa puedo quitarme del negocio con una pérdida baja, y para eso faltan un par de meses.

Me gusta observar a Claudia en esta nueva etapa. Verla cuidar de mí tanto como de ella. Me dice que el tiempo que pasó sola en las montañas de Turquía le dieron otra perspectiva de la vida, de sí misma y, en especial, de las relaciones. Pasó de dispersar su atención hacia todo a enfocarla en una cosa a la vez. También siento que está más comprometida con entender a los demás y no con poner al mundo a girar a su alrededor.

Me ayuda con todo lo de la casa, se encarga de Maia y trabaja en una propuesta de varios artículos para la revista (inclusive han considerado la idea de publicar un libro con sus crónicas). En el pasado eso habría sido suficiente para que me hiciera sentir mal por no ser yo quien publicara primero, pero en lugar de eso ahora me dice que si ella puede yo también puedo, y que mi talento para contar historias supera de manera increíble el de ella, que siempre necesita algo real mientras que yo puedo crear ficción desde la imaginación.

Amo a esta mujer.

Después de enviarle el poder a Marcela tengo que hacer el depósito del dinero que está faltando para la cuota inicial. En otro momento de mi vida habría sido una locura, pero con la herencia de mi mamá no es tan relevante sacar tanta plata. He logrado mantener a Claudia al margen de todo esto, aunque Marcela me insiste en que estoy raro, y el dinero ha sido la forma de mantenerla tranquila haciéndole saber que los planes siguen en orden.

Me voy a enloquecer.

En cualquier momento le diré a una el nombre de la otra.

Veo que las cosas con Claudia van bien, pero quiero estar seguro de que su cambio es real antes de tomar una decisión definitiva.

Temo que en el proceso Marcela se aburra de mi indiferencia y me obligue a hacerlo.

Claudia es energía incontenible, Marcela es ternura.

Claudia es determinada, Marcela es conciliadora.

Claudia es lo conocido, Marcela es todo lo que está por descubrir.

Claudia es extrovertida, Marcela es sensual.

Cada una tiene una lista de cualidades que me enamora. Y el miedo más grande que tengo es que pase lo que pronosticó Gregorio cuando le conté. No me quiero quedar sin el pan y sin el queso.

18

Se está acercando la fecha de decidir si irme a vivir con Marcela o no. Claudia tiene que viajar a la Guajira, va a escribir un artículo para la revista, y aprovecharé el fin de semana para ir a Medellín. Creo que me hará bien tener un pequeño descanso y pensar mejor las cosas.

Los primeros días sin Claudia me siento tranquilo por tener otra vez mi espacio e independencia, y triste porque me hace falta. A Maia también la veo decaída, pero sé que todo se resuelve con comida y cuando llega el día de irme a Medellín ya es la misma de siempre.

Encuentro a Marcela menos receptiva. Me reclama que en las últimas semanas la he abandonado mucho y tiene razón. Me excuso en que este semestre me asignaron varios grupos, en que retomé la cuenta de @jotaescritor, en que debo entregar el manuscrito de una novela a la editorial, en que hay muchos participantes en el concurso de cuentos. Mentiras mezcladas con verdades de las que no estoy orgulloso, pero que logran que después del primer día Marcela vuelva a ser la mujer dulce y cariñosa que me conquistó.

Vamos a ver nuestro apartamento y no podemos entrar porque la obra todavía no está lista. Al regresar a su casa me muestra sobre los planos, muy emocionada, cómo se imagina que dividamos el espacio y las cosas que podríamos hacer. No está contando con que yo me cambie de ciudad, y eso me parece un poco extraño.

Está feliz porque va a empezar la universidad el siguiente semestre y me muestra los cuadernos que compró, como si fuera una colegiala. Su espontaneidad y energía me seducen. La forma en la que logra que todo sea positivo me encanta. ¡Uffff, y el sexo…! Incluso Claudia en algún momento mencionó que me notaba mucho más pasional en la cama, sin saber que lo aprendí con otra… aunque me preocupa que dejé de usar condones hace tiempo con Marcela, y ahora que Claudia regresó no tengo cómo justificar empezar a usarlos, me da pánico enfermar a alguna.

Regreso a Bogotá más confundido que antes de irme. Enamorado con locura de Marcela después de recordar lo fácil que es la vida con ella. Me siento un impostor en todo lo que hago. Un hijo que no fue lo que su madre necesitaba. Un esposo que incumplió su promesa de estar juntos para siempre. Un escritor que no logra terminar un cuento. Un novio construido con mentiras.

Claudia me encuentra en medio de esta crisis que solo sé solucionar con malhumor y clavándome de lleno en el trabajo. Aparecen las discusiones… porque sí, porque me da rabia que haya regresado a Colombia cuando yo ya estaba construyendo una nueva vida, porque la amo, porque no sé cómo resolver este problema, porque no quiero resolverlo.

—¿Quieres que me vaya? —me dice a los gritos después de que peleamos porque está lloviendo y no quiere llevar a Maia al baño.

—¿De dónde sacas eso? Te pedí un favor (que ni siquiera es para mí sino para la perrita) mientras termino de revisar estos exámenes.

—Yo sé que algo está pasando, no me creas pendeja. Desde que volví de la Guajira no eres el mismo.

Saco a Maia con rabia, pero una vez en la calle me siento más tranquilo; verla olisquear el pasto, dejar marcas en cada árbol y mover la cola feliz me cambia el ánimo por completo.

—Perdóname por andar tan enojado, tú no tienes la culpa —le digo mientras la seco en la puerta del apartamento.

Estoy dispuesto a hablar con Claudia sobre mis preocupaciones, a confrontarla para saber de una vez por todas si se compromete al cien conmigo, si está dispuesta a que las decisiones se tomen entre los dos, pero después de servirle la comida a Maia me doy cuenta de que no está.

¡Qué forma tan infantil de resolver las cosas! (sí, ya sé que fue la mía cuando me vine de Nueva Zelanda, pero no tenía otra alternativa). Busco el celular para llamarla. Pensé que lo había dejado en el comedor, pero no está ahí, lo que encuentro es el anillo de mi mamá. Bajo a la portería y le pido al vigilante que me marque, pero el teléfono sigue sin aparecer. Mientras busco por todo el apartamento pienso que tal vez lo boté cuando salí con Maia porque, aunque me parece una idea improbable, no encuentro otra explicación. Bajo otra vez para llamar a Claudia, pero la llamada entra a buzón. Me voy a dormir con la esperanza de que aparezca mañana.

Aprovechando que no tengo clase, voy al centro comercial a bloquear mi celular, compro un teléfono barato y pido una nueva línea. Cuando la tengo activa le marco a Claudia, no me contesta; intento con Marcela y tampoco. A ambas les dejo mensajes que no responden en todo el día. Marcela sube una foto en su Instagram en la que se ve triste y un texto que dice: «No confíes en nadie, ni en los que dicen que te amarán por siempre».

Sin tener ninguna alternativa, paso el día distraído en Instagram, donde es fácil olvidarse de los problemas. Me enfrasco en una discusión con un tal @sebs_vasquez porque no está de acuerdo con mi reseña de *Las ventajas de ser invisible*[6]. Busco *hashtags* relacionados con literatura que me puedan servir para próximas publicaciones. En resumen, me dedico a consumirme las horas hasta que alguna de las dos aparezca.

—No, Maia. No puedo escribir así, no tengo ganas de nada.

Antes de irme a la cama, obligado a dormir, pero presintiendo que será una noche de insomnio, veo un correo electrónico de mi banco informándome el cambio exitoso de la clave. La aplicación ya no me

---

[6] Stephen Chbosky, *Las ventajas de ser invisible*, Alfaguara Juvenil, 2014.

funciona. Intento ingresar a la sucursal virtual desde el computador y sale un error. Me comunico por teléfono y, casi una hora después, luego de pasar por varios operadores, me informan que la solicitud del cambio fue hecha en una sucursal en Medellín en el horario extendido y que la única forma de resolverlo es yendo el lunes a alguna oficina con mis documentos para restablecerla.

El sábado antes de la medianoche recibo otro mensaje en el que me informan el traslado de gran parte de mis fondos a una cuenta que no conozco y, minutos después (cuando ya es domingo), otro mensaje con una transacción similar.

No entiendo lo que está pasando y empiezo a sentirme intranquilo. Paso todo el día intentando recuperar el acceso a mi cuenta del banco, contactar a Claudia y a Marcela y sobrevivir al ataque de ansiedad. Cuando ya me voy a dormir recibo un mensaje de Claudia que me termina de descontrolar: «Tu amiguita ya sabe toda la verdad sobre ti».

¡Qué mierda! ¿A qué se refiere? ¿Estará hablando de Marcela? ¿Cómo supo de ella?, ¿qué le dijo? La llamo y le escribo varias veces, pero no logro nada. Noto que Marcela me bloqueó en Instagram porque, aunque la cuenta todavía existe, yo no puedo ver lo que publica ni contactarla.

Después de la clase, que me parece eterna, voy al banco a resolver el problema. Me informan que, efectivamente, el viernes alguien fue a una oficina en Medellín y cambió mi clave. No entiendo cómo pueden hacer eso si yo estoy en Bogotá. Luego de hablar con varias personas y de que ellos hicieran diferentes llamadas, me informan que Marcela Domínguez, con un poder a su nombre, fue la persona que hizo el cambio. Una vez validan mi identidad me dan una nueva clave, y cuando entro a la sucursal virtual confirmo que durante el fin de semana sacaron todo el dinero, no solo de mi cuenta de ahorros, también hicieron hoy a primera hora una transacción desde el fondo de inversión que era donde tenía la plata de la venta de la casa de mi mamá.

¡¿Qué está pasando?! ¿Cómo pudo Marcela sacarme el dinero? ¿y por qué? Y ahora ¿dónde anda metida?

Intento aclarar todo con el banco y hacerles entender que es un error, pero desde la oficina de Medellín envían copia del poder y dicen que no es posible reversar el movimiento del dinero; la única alternativa es que hable con la persona que lo recibió y acceda a devolvérmelo.

Después de reclamar en todos los tonos y dado que no estoy logrando nada, llamo a Arcesio, un compañero del colegio que es abogado y vive en Medellín, para ver qué me aconseja. Me pide que me calme, revisa los papeles y me dice que el poder que le firmé a Marcela no se limitaba a la compra del apartamento, también le daba autorización para representarme frente a cualquier entidad, organización o transacción de manera legal. El paso más urgente es revocar el poder en la notaría, aunque si ella tiene copias recientes todavía puede hacer algunos movimientos. Llamo al jefe de la facultad, le explico el terrible problema en el que estoy y organizo todo para salir cuanto antes para Medellín.

No hay forma de localizar a Marcela; ahora el celular parece desactivado. Voy directo a su apartamento, pero me informan que no vive ahí, solo lo alquiló las veces que yo estuve con ella. Mi preocupación sigue creciendo y me doy cuenta de que hay mucho más de lo que yo pensaba.

—Pero… ¿qué más podría pasar? —le pregunto a Arcesio con la angustia de ver cómo se destruye todo lo que tengo.

—Básicamente lo que ella quiera. Puede sacar tarjetas de crédito a tu nombre, líneas de celular, pedir préstamos… ¡Los casos que he visto! Uno piensa que hacer cualquier trámite es un problema y los estafadores logran conseguir cómplices en todos lados sobornando a los funcionarios.

Según me dice Arcesio, con las redes sociales los criminales se están dando un festín. Crean perfiles falsos que sirven para engañar desde niños, a quienes les sacan fotografías para venderlas en redes de prostitución infantil, hasta mujeres mayores de sesenta que terminan entregando sus ahorros para pagar el viaje a un supuesto americano retirado que quiere venirse a Colombia a pasar sus años de jubilación. Historias que he escuchado millones de veces pero que siempre me parecieron muy lejanas.

¿Podría estar ocurriéndome a mí? ¡No, es imposible!, ¡tiene que ser una equivocación! Marcela no haría algo así. Ella es una mujer honesta, trabajadora, leal. Puede ser que esté enojada porque Claudia le contó la verdad sobre mí y por eso me haya bloqueado, pero... ¿¡sacarme todo el dinero!?

Voy a la oficina donde hizo los trámites, me confirman que el viernes la atendieron y me muestran el original del poder. Explico que es una estafa y pido que me reintegren el dinero de las transferencias, pero (además de darme la misma explicación que en Bogotá) las cuentas usadas para mover el dinero ya fueron canceladas y no tienen fondos.

Del banco me voy hacia la sala de ventas del apartamento que compramos para ver si tienen algún dato de ella y me dicen que la transacción nunca se completó. Después de los dos millones que dimos para separarlo, Marcela les informó que ya no íbamos a seguir adelante con el negocio y canceló la compra. En los formularios que firmó, una vez más, presentó el poder que yo le había dado.

Empiezo a caminar sin rumbo por la ciudad. Es la peor pesadilla de mi vida. Siento que una aplanadora me pasó por encima, me duele el cuerpo como si tuviera fiebre y no sé qué camino seguir. No he dormido bien desde el viernes y ahora ni siquiera sé en qué problemas estoy metido. Le marco a Claudia una vez más, intentando encontrar algún refugio, pero sigue rechazando mis llamadas.

No he comido nada en todo el día, no reservé ningún hotel para dormir. Me meto al primer restaurante que encuentro y veo a Marcela en todas las mujeres que pasan a mi alrededor. Quiero llorar y que alguien me abrace. Quiero gritar y mandarlos a todos a comer mierda. Busco algún hotel en la zona. Después de revisar mis conversaciones con Marcela, veo que le entregué todos los detalles necesarios para que me dejara en la ruina. Caigo en la cuenta de que no he verificado las acciones y llamo al corredor de bolsa justo antes de que cierren la oficina. Me informa que recibieron una solicitud de venta, pero la hicieron fuera del horario bursátil y la operación apenas se va a efectuar mañana.

Después de dar la orden de cancelarla me dice que debe llamar a Marcela para informarle.

—¿Qué número tiene registrado?

—Me da pena, pero por política de protección de datos no puedo darle esa información. Es el protocolo de la empresa.

—Hermano, por favor, nadie tiene que saber que fue usted el que me dio el dato.

—Lo siento, no puedo. Tendría que conseguir una orden legal.

Mientras me dice las últimas palabras veo que me manda el número por WhatsApp y entiendo que está protegiéndose porque todas las llamadas quedan grabadas.

—Vale, vale, voy a hablar con mi abogado para que me aconseje —le digo antes de colgar, siguiéndole la cuerda.

Llamo de inmediato al número que me dio y, para mi sorpresa, me contestan.

—¿Aló?

—¿Marcela?

—No, Nancy.

—¿Nancy Morales?

—Sí, ¿quién habla?

—Soy Jota. Hola, Nancy ¿cómo estás? perdón, pensé que este era el teléfono de Marcela.

Reviso el número y sí, marqué bien; ese no es el teléfono de Nancy que tenía guardado. Sin entender todavía la situación, se corta la llamada y la siguiente vez que marco, el teléfono está apagado.

Ahora entiendo menos que antes. Llamo a Gregorio y le suelto toda la historia, pero no hace sentido para ninguno de los dos.

—¿Todavía la sigue en Instagram? —le pregunto casi sin pensarlo.

—Obvio, marica... Espere veo si puedo hablarle... Mmm, qué raro, parece que el perfil ya no existe.

Todo es demasiado complejo para que Marcela lo haya hecho. No dudo de su inteligencia, dudo de su maldad. ¿Y qué tiene que ver Nancy? Cuando me contestó juré que era Marcela, pero evidentemente hay algo que está más allá de mi comprensión.

No sé exactamente cuándo me quedo dormido, es mayor el efecto del cansancio que las ganas de hacerlo porque mi cabeza no para de pensar. Cuando me despierto compro el próximo tiquete disponible y regreso a Bogotá. Me siento más vulnerable que nunca en la vida. Solo. Engañado. Sin dinero. Rechazado. Lo único que quiero es llegar a mi apartamento y dormir abrazado con Maia. ¿En qué momento me metí en este problema?

PARTE 5: LA VERDADERA MARCELA

19

Al recibir la llamada de Claudia no entendió de qué estaba hablando. Se presentó como la esposa de Jota y le explicó que tenía algunas cosas que contarle sobre él.

—No me importa lo que tenga que decir —le respondió Marcela en tono indignado.

—Sí, sí te importa porque él te ha estado engañando todo este tiempo.

Un corrientazo le recorrió la espalda. Nancy llevaba varias semanas convenciéndola de que era el momento de «liquidar al escritor» aprovechando que ya tenían los papeles necesarios para transferir los fondos de la herencia de su mamá, pero ella se rehusaba alegando que era un buen hombre, que no se merecía algo así, que siguieran sacándole dinero mensualmente por un tiempo más.

Cuando Claudia empezó a contarle que estaba casada con él, que realmente no era escritor, que no tenía dinero y todas las otras verdades que él le había ocultado, la rabia de Marcela empezó a crecer.

—¿Y por qué me estás llamando?

—Porque odio las mentiras. Y él también me engañó a mí; hace dos meses regresé al país y estamos viviendo juntos.

En ese instante se le salieron las lágrimas. Todo lo anterior lo habría entendido y perdonado. Finalmente, según Claudia, se habían separado durante un tiempo, él era un escritor «en potencia» como ella misma lo había comprobado al darse cuenta de que no tenía ningún libro publicado y, aunque no era un hombre millonario como algunos de sus otros clientes, siempre había sido generoso, jamás le había ocultado su situación económica ni había intentado engañarla.

Pero que llevara dos meses viviendo con su exesposa la descompuso. Coincidía con el tiempo que llevaba diciéndole que tenía mucho trabajo y sacando excusas para que ella no viajara a Bogotá. Se sintió humillada y utilizada. Lo odió por haberle mentido. Por ocultarle algo que tal vez habrían podido resolver. Se odió a sí misma por haber creído en todas sus mentiras y en sus falsas promesas de irse a vivir juntos. Finalmente, él no sabía cuáles eran sus planes y aún así había jugado con ella. «Fuiste por lana y saliste trasquilada», le dijo Nancy cuando se lo contó en medio de un llanto desgarrador.

Ese mismo día lo bloqueó en WhatsApp y en Instagram. Con mucho miedo (porque era la primera vez que lo hacían) fueron al banco con el poder que Jota había firmado, y un amigo de Nancy, antiguo compañero del *call center*, les ayudó para que pudieran hacer los cambios de clave y programar las transferencias dentro de lo que fuera legal y que no representara ningún riesgo para él.

Para Marcela esa venganza era pequeña en comparación con lo que estaba sufriendo. ¡Él la había engañado! Revisaron toda la información financiera de Jota y pensaron en la posibilidad de vender las acciones. Si liquidaban todo el dinero ya no tendría que seguir con ese trabajo y se podría matricular en la universidad.

La rabia y el deseo de desquitarse la ahogaron. Se le despertó la ambición al pensar en la posibilidad de verse liberada de todos esos hombres que cada día le disgustaban más, en la oportunidad de pasar más tiempo con su hija y de construirse un futuro.

El lunes, cuando Jota llamó a Nancy, la tomó desprevenida. En ese teléfono no tenían guardado su número porque no había razón para que él las contactara por ahí. Haberle dado su nombre y apellido había sido un gran error; de inmediato apagó el celular y canceló la línea.

—Esto nos puede joder —le dijo Marcela comiéndose las uñas.

—Tranquila, yo sé de estas cosas… me pasó mil veces en el trabajo. No tiene cómo llegar a nosotras.

Para cubrirse decidieron cambiar todos los teléfonos, cerrar la cuenta de @marcelinda90, mudarse de casa y manejar un perfil bajo.

Marcela se sentía traicionada y pasaba horas llorando. Nancy no entendía por qué hacía tanto drama y pensaba que estaba exagerando.

—¿Te enamoraste de ese pendejo?

—No es eso… ¿es que no ves? ¡Me engañó!

—A ver, Meche, aquí el más engañado es él. Empezando porque ni sabe que es uno más en un cuadro de Excel.

—Pero… es distinto.

Tuvieron varias conversaciones similares durante los siguientes días. Marcela pensaba que la mentira de Jota era mil veces más grave que la suya.

—Para mí siempre fue uno más, ¡pero para él era su novia!

—Sí, claro, a otro pendejo con ese cuento.

Aunque estaban descuidando a los demás clientes, Marcela no podía trabajar en ese estado y se limitaron a mandarles fotos que ya tenían y audios que grababa Nancy. Con el dinero de los ahorros y de lo que sacaron de las cuentas de Jota ya habían llegado a la meta que se habían propuesto para el año (y mucho más), pero Nancy no quería terminar el negocio tan rápido.

—Pero vos me prometiste que con esto me podía retirar.

—Sí hermanita, lo sé, pero mirá como se dieron las cosas. Se abre todo un mundo de oportunidades.

—No te entiendo.

—Dejemos de buscar pendejos que quieran sexo y vamos por los que se quieran casar con vos. Mejor si son como Jota y viven en otra ciudad. Lo único que necesitamos es que te firmen un poder y los vamos escurriendo uno tras otro.

Marcela no podía ni pensar en lo que su hermana le estaba proponiendo. ¿No entendía que el dolor era muy real? Su idea sonaba relativamente lógica, pero en la práctica implicaba involucrarse mucho más con los clientes: ese había sido el secreto para que Jota terminara abriéndose financieramente a ella y firmando los papeles.

—Ponete a pensar que él fue muy inocente, seguramente porque nunca había tenido plata. Un man que sea rico de verdad no va a soltar un poder así de fácil.

—Mmmm, en eso tenés razón. Buen punto. Esa herencia nos cayó de perlas.

Miranda estaba en medio del dolor de su mamá que, aunque intentaba estar de buen ánimo para ella, terminaba llorando en el momento menos pensado. A veces solo necesitaba ver a su hija rayando en un cuaderno para recordar a su escritor, al hombre que le hizo tomarles cariño a los libros y tener la ilusión de estudiar. Además, tenía miedo de que las encontrara y de terminar en la cárcel.

—Lo mejor es que invirtamos la plata rápido y a mi nombre para que no haya rastro —propuso Nancy en una de las conversaciones sobre el futuro del negocio.

—¿Cómo así?

—Bueno, en el banco tienen tu nombre y tu cédula. También en el comisionista de bolsa. ¿Qué tal que te tenga rastreada por algún lado?

—Pero él sabe vos cómo te llamás también… Y ahora que lo pienso, ¿por qué te pusiste tan nerviosa ese día? Le hubieras dicho que estaba llamando a un número equivocado y ya.

Nancy se dio cuenta de que Marcela tenía razón y su reacción no había sido la adecuada. Intentó desviar la conversación hacia donde quería llevarla.

—Claro, eso lo piensa uno después. Pero en ese momento entré en pánico. Bueno, no importa, a mí no me conoce, es a vos a la que puede tener rastreada. Busquemos un apartamento en el que podamos invertir esa plata y así la sacamos de los bancos.

El dolor de Marcela no pasaba con los días y Nancy empezó a preocuparse por ella. Un día la descubrió mirando el perfil de @jotaescritor en Instagram, leyendo todas esas frases que a ella le parecían pura cursilería.

—¿Qué estás haciendo?

—No te preocupés, lo estoy viendo en sesión oculta.

—No me refiero a que te pille, me refiero a que estás perdiendo el tiempo.

Lo mejor era que volviera a trabajar cuanto antes. Después de revisar todos los clientes de la lista, Nancy encontró uno que apenas era prospecto, pero que andaba tan enamorado de Marcela como Jota cuando empezaron a hablar. Era de Santander, tenía dinero y había sido bastante generoso con ella incluso sin conocerse personalmente, por lo cual podía ser un buen candidato para aplicar la misma estrategia. Nancy se encargó de organizar un encuentro en Bucaramanga y, aunque Marcela aceptó de mala gana, estar con él le sirvió para entender que realmente estaba enamorada de Jota. ¿Cómo iba a olvidarlo? Pensaba que toda la vida iba a quedar marcada por ese amor y por ese engaño, era la primera vez que amaba de verdad y estaba decidida a no volver a confiar en ningún hombre.

Le parecía increíble que el amor fuera eso. Un dolor que se sentía tan profundo que cada respiración le pesaba. Un silencio en medio del ruido de los pensamientos. Un vacío que desaparecía en un segundo si pronunciaba su nombre. Eso era el amor y ella empezó a pensar cómo recuperarlo. Se planteó que tal vez Jota no había sido consciente del daño que le hacía. A lo mejor quiso contárselo y no encontró la forma. Posiblemente tenía miedo de perderla como lo había tenido ella. Él había hablado de casarse, lo que significaba que debía divorciarse de su esposa. ¿Y si nada de eso era verdad?, ¿y si todo había sido un engaño de Claudia? Empezó a dudar de la ex que apareció en el momento menos oportuno y que lo único que le mandó como prueba fue una foto con él en Nueva Zelanda.

Quiso cambiarlo todo y haber pensado distinto. Lo debió haber llamado. Debió haberle preguntado. ¿En qué momento decidió creerle más a una desconocida que a su novio? Pero el daño estaba hecho. Él sabía que ella era una estafadora, que le había robado todo lo que pudo en dos días. ¿Cómo descubrir la verdad sobre él cuando las mentiras de ella estaban expuestas? Deseó tener la habilidad de su hermana para resolver problemas, pero no podía contar con Nancy en ese momento.

Los recuerdos más lindos que tenía con él eran de los días después de la muerte de Mariela. Jota se había refugiado en ella, y por primera vez Marcela sintió que era importante para alguien, más allá del contacto sexual. Ni siquiera habían hecho el amor con frecuencia durante esas semanas. Él se quedaba en silencio, mirándola, y de repente le daba un abrazo. O la despertaba por la mañana con el café listo y le pedía que lo acompañara a sacar a Maia. O se quedaban dormidos viendo alguna película en Netflix. O la presentaba a sus amigos con orgullo y decía cosas maravillosas sobre su espíritu emprendedor y lo valiente que era.

Extrañaba todos esos momentos y los empezó a convertir en un culto. Recreaba los minutos con él y los extendía. Se imaginaba lo buen papá que sería para Miranda, lo orgullosos que estarían los dos cuando su hija saliera del colegio, lo felices que se sentirían pasando los últimos años de su vida juntos.

Imaginaba esos muebles que dibujó en el plano del apartamento que nunca compraron y pasaba con frecuencia por el edificio para verse en la ventana, saludándose a sí misma al otro lado del vidrio, como una mujer feliz que vive el sueño que ella misma destruyó.

Odiaba a Claudia por haberla despertado. Estaba convencida de que si Jota no había terminado con ella era porque estaba buscando alguna salida. Él era un hombre bueno y le daba rabia pensar que, si no hubiera reaccionado con los celos que había sentido en ese momento, tal vez las cosas se hubieran aclarado.

Por su parte, Nancy se sentía feliz con el capital que habían recogido y llevaba con mayor severidad el detalle de todos sus movimientos financieros, soñando (también) con un futuro por venir en el que tuvieran nuevos clientes a los que les pudieran sacar dinero.

20

Claudia se sentía como una idiota. Había regresado a Colombia con la ilusión de reconstruir su matrimonio, o más bien, de crear una verdadera relación con Jota. Se había mostrado como no lo había hecho nunca: insegura, frágil, vulnerable. Había decidido apoyarlo y acompañarlo en el proceso de convertirse en escritor. Quería pensar menos en ella y más en los dos, en las posibilidades que se abrían si estaban juntos. Pero él había sido lo opuesto. Un hombre egoísta, mentiroso y manipulador que mantenía una relación paralela con otra mujer ¡a quien también engañaba! Pobrecita... casi adolescente y ni siquiera se había dado cuenta de las mentiras que él le decía.

Las cosas venían mal entre los dos y pensó que estaban cayendo en la rutina después de la emoción del reencuentro. Cuando él salió a pasear a Maia esa noche y dejó el celular en el apartamento, ella no pudo evitarlo: lo desbloqueó con la contraseña que él usaba para todo y, sin saber qué estaba buscando, encontró lo que menos pensaba... Jota tenía otra mujer.

Al leer un poco el chat se percató de lo que estaba pasando y, aunque pensó en esperar a que volviera para confrontarlo, saber de que la otra ni siquiera estaba enterada de que ella existía, es decir, de ella en el pasado, la sacó de casillas y la llevó a exponerlo. No tenía ganas de pelear, no estaba dispuesta a escuchar sus excusas estúpidas. Empacó rápidamente las pocas cosas que tenía, dejó el anillo de Mariela en la mesa del comedor liberándose de la promesa que le había hecho a su suegra y se fue para un hotel mientras decidía qué hacer.

Él la llamó muchas veces, posiblemente tantas como ella cuando la dejó en Nueva Zelanda. Jota no era el hombre que creía, ¡era un mentiroso! ¿Cuántas veces la había engañado en el pasado?

A diferencia de lo que pensaba, lo sufrió tanto como la primera vez. Lloró. Lo maldijo. Quiso perdonarlo, aunque no había hablado con él. Se arrepintió de haberse ido. Pensó que había actuado con la cabeza caliente. Extrañó despertarse con los lamidos de Maia. Intentó odiarlo. Regresó a sus métodos anteriores e hizo una lista de defectos de Jota:

- Es un mentiroso.
- Es un mentiroso.
- ES UN MENTIROSO.

Pero lo amaba. Por supuesto que lo amaba. Lo amaba tanto que estaba arrepentida de ese ataque de celos. Ni sabía desde cuándo era una mujer celosa. Tal vez porque Jota nunca le había dado motivos y ella pensaba que la amaba con una devoción ciega.

Rechazó todas sus llamadas. Evitó leer los mensajes que le envió. Organizó un viaje a los llanos para alejarse por unos días de él, del clima bogotano, de la posibilidad de ir a buscarlo, de la conexión a internet y de la señal telefónica.

Mientras caminaba en medio de la inmensidad volvió a tener conversaciones imaginarias con Jota. Empezó a justificarlo. Llevaban un año y medio separados, era normal que se hubiera enamorado de otra mujer. Ella llegó de una manera tan intempestiva que tal vez no supo cómo explicárselo, ni tampoco a la otra. Recordaba las fotos que había visto de Marcela y ardía de la ira. Una mujer tan joven, con un cuerpo perfecto, con la sensualidad escurriéndosele por cada poro del cuerpo. Maldito Jota. Lo odiaba tanto como lo amaba.

Se lamentó por haber asumido que él la iba a recibir como si nada hubiera pasado, como siempre había querido, y que todo iba a ser más fácil ahora que ella entendía tantas cosas de sí misma y de su relación.

Sentía que la forma en la que había aprendido a reconocerse, a ser más reflexiva y a conectarse con los placeres sencillos de la vida iban a ser suficientes para construir el matrimonio que no habían logrado consolidar antes. Jamás se imaginó lo que pasó. Le pareció que él había cambiado poco, a pesar de que ya no tenía a su mamá para refugiarse ante cada problema, seguía siendo un hombre que no sabía lo que quería ser, inseguro de su potencial como escritor y predispuesto a que jamás lograría sus sueños.

¡¿Cuántas horas intentó convencerlo de lo contrario?!, pero concluyó que estaba confundiendo inseguridad con miedo, con el miedo de que ella descubriera a su «noviecita». En definitiva, lo odiaba.

Después de pelear muchas horas con él en la amplitud de su imaginación, decidió escuchar su versión de los hechos cuando regresó a Bogotá. Arrendó un apartamento de manera temporal y se sumió en la escritura de los artículos pendientes para dejar todo organizado y no tener interrupciones. Jota le había enviado innumerables mensajes en las redes sociales y por correo electrónico. Su buzón del celular había colapsado días atrás y lo escuchó llorando, arrepentido, a veces enojado, frustrado, enamorado.

Cuando ya estaba tranquila para enfrentar la situación, lo llamó. Él contestó sorprendido.

—¿Quieres hablar? —preguntó ella.

—Sí… han pasado muchas cosas que quiero contarte.

Acordaron verse en Andino, un centro comercial concurrido del norte de la ciudad.

—¿Por qué elegiste este lugar? —preguntó él.

—Porque es el lugar más impersonal del mundo; es casi como llegar a zona neutral.

Se sentaron en la plazoleta de comidas y él le preguntó qué había hecho los últimos días, después de mencionar que la veía un poco más bronceada. Claudia le hizo un relato detallado de su viaje por los llanos y él la escuchó en silencio, apenas interviniendo de vez en cuando para hacerle algún comentario simple. Era evidente que estaba destrozado.

—Ajá y ¿qué me querías contar?

Jota empezó por hablarle de cómo conoció a Marcela, de la forma en la que fue enamorándose de ella: al principio impresionado de que una mujer tan atractiva se fijara en él. Claudia levantó las cejas con sarcasmo.

—No me malinterpretes… sabes exactamente a qué me refiero.

Le explicó que la situación de su vida era difícil, cómo él la había ayudado para que saliera de su casa donde la maltrataban y el apoyo que ella le había dado cuando murió Mariela.

—Lamento no haber estado aquí —le dijo ella con sincero arrepentimiento.

Luego le contó que estaba planeando irse a vivir a Medellín y tal vez empezar una vida con Marcela, cuando ella llegó de imprevisto y la vida se le volvió un enredo. Se dio cuenta de cuánto la amaba, de lo mucho que había cambiado y de todas las cosas que estaban construyendo en esa nueva etapa de la relación.

—Sin embargo… no terminaste con la paisita esa.

—No… yo sé… Tenía mis dudas, no sobre mis sentimientos hacia ti, sino sobre los tuyos hacia mí.

—Pero ¿por qué?

—Es que cambiaste tanto que me dio susto de que fuera solo un impulso como los que te dan cada vez que emprendes un nuevo proyecto: al principio te comprometes del todo, después pierdes la motivación y vuelves a ser la misma de siempre.

A pesar de que le molestó escucharlo, entendió las dudas de su esposo y resistió el impulso de convencerlo de que en esta oportunidad era diferente.

—Y después llegaron las peleas…

—Sí, después empezaron a salir las cosas mal, tal vez por mí, porque cuando lo veo en retrospectiva sé que de verdad cambiaste mucho, era yo el que seguía aferrado a la forma de ser de antes.

Finalmente le contó que Marcela lo estafó, le robó todo el dinero que pudo aprovechándose de un poder que él le había entregado.

—¿Es en serio?

—Sí, prácticamente toda la herencia de mi mamá. Solo me quedaron las acciones, y para como está la bolsa, no es mucho en comparación con lo que me robó.

—¿Y todo lo que habías vivido con ella?

—Honestamente... no sé. No sé si era una estafa desde el comienzo o si fue una venganza que empezó cuando tú la contactaste.

—Uffff, ¡qué *heavy!* Lo siento.

—No, no. Si hay un culpable acá soy yo. Por haberme dejado meter en su red de mentiras, por haberte engañado, por haberle firmado un poder que le daba acceso a todo. ¿Puedes creer que hasta revisamos juntos mis finanzas? He llegado a pensar que de verdad no actuaba sola y que tal vez solo estaba esperando a tener la oportunidad.

Claudia se quedó en silencio. Intentando entender todo lo que Jota le había contado. Él se quedó en silencio. Avergonzado de haber caído en la trampa de una manera tan inocente y de, a su vez, haber engañado a Claudia.

Sin saber qué camino tomar, ella propuso que vieran una película.

—Creo que necesitamos poner la mente en otra cosa.

El cine les devolvió una tranquilidad que las semanas de suposiciones no les habían permitido. También los transportó a esos días en los que, cuando eran amigos, iban a ver películas en las que ninguno de los dos estaba interesado, inventando una excusa para sentirse más cerca y encontrar un camino para avanzar en el proceso de seducción.

—Lo siento —dijo abrazándolo cuando salieron de la sala.

Él se dejó envolver, rogando que fuera un encuentro para siempre.

—Perdóname —dijo él, mirándola a los ojos, sabiendo que la amaba como nunca y que no quería perderla.

—¿Hay algo que pueda hacer?

—Abrázame otra vez.

Y al abrazo le siguió un beso que les devolvió a ambos la esperanza.

Cuando Maia escuchó los pasos acercándose a la puerta y el tintineo de las llaves, salió corriendo para estar lista cuando su amo entrara.

Los besos y abrazos de Claudia la hicieron saltar de alegría y dar pequeños quejidos de reclamo. Mientras paseaban en silencio, la perrita los hacía sentir como una familia.

Jota se entregó a los cuidados de Claudia. Le contó muchos detalles de lo que había pasado con Marcela y, analizando las conversaciones de WhatsApp, concluyeron que todo había sido meticulosamente planeado. Cada paso parecía sacado de un guión de televisión, cada reacción de él había sido cuidadosamente incitada. Él había permitido que movieran los hilos, pero ella (y quién sabe cuántos más) había planeado cada detalle.

—Le tengo noticias —escribió el comisionista de bolsa.
—¿Qué pasó?
—Después de conocer su caso pusimos una alerta en el sistema; parece que Marcela intentó hacer otra transacción con el mismo método. Ya están coordinando todo para obligarla a ir a la oficina de Medellín y capturarla en conjunto con la Dirección Nacional de Inteligencia.
—Ya.
—¿No se alegra?

Jota se quedó en silencio. En el fondo no se alegraba. Pensaba que Marcela era víctima de alguien más... era imposible fingir tanto.

—Sí claro. Gracias por avisarme.
—Espere, no es todo. Vamos a necesitar su ayuda.

Eso no le gustó tanto.

—¿Cómo?
—Una vez la capturen lo van a contactar para que declare y presente una demanda, de esa forma el caso se fortalece y pueden abrir una investigación con pruebas contundentes.

Jota se imaginó la situación y sintió que no podía hacerlo.

—Mmmm, no estoy seguro.
—Mire, yo le avisé para que esté advertido, pero igual las autoridades lo van a buscar. La verdad es que si usted no colabora... podrían pensar que es cómplice.

La amenaza le gustó menos, pero quiso terminar la conversación y asesorarse mejor con Arcesio.

—Okey. Espero la llamada. Gracias por el aviso.

La situación lo hizo pensar de nuevo en Marcela. Recordar todos esos momentos felices que pasaron juntos y la incapacidad que había tenido de odiarla de verdad, a pesar de lo mucho que se lo había planteado. Claudia lo veía desde un punto de vista práctico:

—¿Puedes recuperar algo de la plata?

—Según Arcesio, no.

—Entonces no le veo sentido.

—Dicen que servirá para que vaya a la cárcel y que no pueda seguir delinquiendo.

—¿Pero puedes poner una denuncia si tú mismo le diste el poder?

—Yo también pensé que no había nada que hacer, pero revisando el caso con Arcesio, ella me llevó a hacerlo con engaños: me hizo pensar que la estaba autorizando a hacer los trámites del apartamento cuando en realidad le estaba dando facultades sobre todo lo mío.

Así pasaban horas hablando de las ventajas y las desventajas, hasta que él llegó a una conclusión categórica:

—Mi mamá, que nunca engañó a nadie ni permitió la más mínima mentira, me habría obligado a hacerlo.

Cada vez que entraba una llamada de un número desconocido sentía un ardor en la boca del estómago que lo estaba matando. Casi siempre querían venderle un nuevo seguro u ofrecerle un plan de televisión por cable, en teoría mejor que el anterior. Hasta que llegó la llamada que tanto temía. Le explicaron que ya tenían definida la fecha en la que Marcela se presentaría en la oficina para reclamar el dinero y que, luego de hacerla firmar algunos papeles, ingresarían los agentes para capturarla.

—¿Y qué tengo que hacer yo?

—Dos cosas: la primera es que haga una denuncia formal contra ella por la estafa, así ya nos queda como precedente. Y la segunda es que, una vez se presente el caso, aporte las pruebas que tenga y testifique.

Tenía mucho miedo de verla de nuevo, pero considerando que era el segundo caso que detectaban, parecía que el suyo no había sido una venganza sino algo perfectamente planeado; inclusive llegó a pensar que él no había sido el primero. Para hacer la denuncia, Arcesio le ayudó a documentar lo ocurrido.

Hicieron un registro de todo lo que se le venía a la mente, y entre más lo repasaban más tonto se sentía. ¿En qué momento le había entregado tanta información? Fue evidente que ella lanzaba una pequeña sugerencia y él de inmediato le ofrecía una solución, claramente en el camino que ella había planeado.

El día que fueron a radicar la denuncia, todavía estaba inseguro sobre lo que debía hacer. Claudia no quiso acompañarlo para que no se sintiera presionado, para ella era muy importante que él tomara la decisión por sí mismo y que se mantuviera firme hasta el final.

21

Marcela le suplicó a Nancy que no avanzaran con el robo de las acciones de César. Su hermana le prometió que después de hacerlo no seguirían con el negocio y hasta planeó un paseo a Santa Marta para empezar su nueva vida, dedicándose a otros temas.

Tenía la cita a las diez de la mañana. Debía llevar el poder que le había firmado el santandereano, dos copias de su cédula, unos formularios diligenciados que le habían pasado por correo electrónico y una certificación bancaria para que le entregaran los cheques.

—Debido al monto de la transacción es necesario confirmar que usted no tenga antecedentes y que no esté en la lista Clinton; es lo normal —le había explicado el asesor el día anterior.

Y el monto sí era muy alto. Incluso con la fluctuación de las acciones, serían aproximadamente quinientos millones de pesos. Después de pagar las comisiones y los impuestos la suma era superior a lo que ellas hubieran podido soñar.

César era un empresario, vivía en Bucaramanga, pero estaba de viaje en China visitando una feria industrial. Era el momento perfecto para que el comisionista de bolsa no pudiera contactarlo. Cuando él supiera de la transacción ya habrían pasado varias horas, el tiempo suficiente para mover la plata por diferentes cuentas y hacer algunos retiros.

—¿Seguís con dudas? —le preguntó Nancy antes de salir.

—La verdad... sí.

—Ya lo hemos hablado mil veces. No, Meche, ¡así es muy difícil! Cancelemos entonces todo y nos olvidamos para siempre de este asunto, pero no me vengás a decir en unos días que retomemos o que busquemos otro.

La presión de su hermana la obligó a decidir. Después de dejar a Miranda con una vecina que le servía de niñera, salieron hacia el edificio donde debía hacer el trámite.

Nancy la esperaba en la cafetería del primer piso. Marcela no salió. Ni media, ni una, ni dos horas después. El celular estaba apagado y Nancy empezó a pensar que su hermana la había engañado. Elaboró todo tipo de teorías de conspiración, hasta llamó a la niñera de Miranda para estar segura de que Marcela no había ido por su hija.

Cuando ya estaba perdiendo la esperanza, recibió una llamada de su hermana al celular personal.

—Escuchame porque apenas tengo un minuto. Estoy en la DIJIN, me hicieron cargos por estafa. Me van a asignar un abogado mientras consigo alguno. Escondete con la niña, me da miedo que me la quiten.

Y colgó.

Nancy no sabía qué decir. Ni qué hacer. Tomó un taxi hasta el apartamento, le pagó a la niñera, empacó todo lo que pudo (en especial, lo que pudiera relacionarlas con alguno de los clientes) y se fue para un hotel del centro. Desconectó todos los celulares que usaban con los clientes y cerró los perfiles en las redes sociales. Movió el dinero que pudo y se sentó a pensar en las opciones: ¿por qué salió mal? Las cosas con César se habían dado de una manera bastante sencilla... pensándolo bien, todo había sido muy fácil. ¿La intuición de Marcela les había enviado una señal? ¿Su ambición la había enceguecido?

Prendió la televisión imaginando que su hermana iba a aparecer en las noticias, pero no vio nada y puso una alerta en Google en caso de que la mencionaran. Llamó a Catalina, una amiga abogada del barrio, y le pidió que se encontraran para consultarle un caso.

Cuando la abogada llegó, Nancy estaba pálida y nerviosa.

—¿Cuánto es la tarifa? —preguntó antes de empezar a hablar.

—Tranqui, para una consulta de una amiga no hay cobro.

—Sí, cóbrame. Soy una cliente y necesito saber que lo que te voy a contar queda entre las dos.

Catalina se dio cuenta de que era algo delicado. Le explicó que le daba una tarifa por hora para esa primera reunión y una vez tuviera conocimiento del caso llegaban a un acuerdo por los honorarios.

Cuando terminó de contarle lo que estaba pasando, la abogada estaba estupefacta.

No entendía cómo dos niñas que vio crecer en su barrio habían montado una operación tan compleja. Sin embargo, podía comprender sus motivos porque sabía cómo había sido la vida con su mamá. Le garantizó que estaba cubierta por el secreto profesional y que necesitaba tener acceso a todos los detalles para encontrar la forma de encarar el proceso.

—¿Y qué puede pasar con la niña?

—Lo mejor es que Marcela te convierta en su tutora o «guardiana oficial», de lo contrario podría perderla... O podría reclamarla alguien más: el papá, la abuela...

—No, ni pensarlo, Miranda se queda conmigo. Eso es lo más urgente.

Catalina trabajaría en un borrador del contrato para representarla e iba a indagar con sus amigos qué información había del caso.

Cuando se reunieron de nuevo, un par de días después, le dijo que no había buenas noticias. Según pudo averiguar, César había sospechado que Marcela tramaba algo raro por las preguntas que le hacía permanentemente sobre su situación financiera y, en especial, cuando sugirió comprar un apartamento y le pidió un poder. Él revisó exactamente los términos y notó que el documento le daba acceso total a sus activos, por lo que contactó a las autoridades y empezaron un proceso de seguimiento. El viaje a China había sido una trampa para ver si en esos días tomaba alguna acción y así capturarla. Adicionalmente, la empresa comisionista de bolsa había agregado una alerta en su sistema y, cuando Marcela hizo la solicitud de la transacción, supieron que no era un caso aislado.

—Lo más grave es que otra persona, un tal señor Gómez, presentó cargos por el mismo delito, eso demuestra que es una operación bien montada, ¿sí me entiendes?

Nancy se puso fría. Nunca pensó que Jota la hubiera denunciado.

—¿Y qué te dijo mi hermana?

—La vi muy decaída. Está demasiado preocupada por la niña y me firmó de inmediato los papeles de la custodia. Solo tenemos que ir las dos a la notaría para que quede todo listo por ese lado. Por otra parte, es muy importante que tú estés desvinculada de todo esto para que no vayas a terminar acusada también.

Nancy la escuchaba con atención, intentando organizar las ideas y planeando qué estrategia seguir.

—En eso Marcela estuvo totalmente de acuerdo, que es lo más importante. La verdad es que ella pudo haberte implicado, decir que eras el cerebro de la operación, o cosas así. Me contó que algunos amigos tuyos las ayudaron en ciertas cosas. ¿Es así?

—Mmmm, bueno... no tan amigos, más bien conocidos.

—Eso... Necesito saber si alguna de esas personas podría involucrarte.

—Sí, algunos solo hablaron conmigo; ni siquiera conocieron a mi hermana.

—Okey. Necesito los nombres y la forma de contactarlos para tenerlos mapeados. Si las autoridades los rastrean podrían perjudicarte.

Repasaron todos los detalles, firmaron los documentos necesarios y Catalina le explicó que podía regresar a su apartamento. Era importante, sin embargo, que no accediera a las redes sociales de Marcela y que cortara el contacto con sus clientes, para evitar que pudieran asociarla más adelante.

—¿Y qué hago con la plata? Tengo una parte en efectivo, otra la usamos para pagar la cuota inicial del apartamento y hay otro dinero en varias cuentas bancarias.

—Por ahora nada. Guarda el efectivo como un seguro, lo del apartamento esperemos que no lo toquen y las cuentas muévelas lo mínimo posible, apenas para los gastos diarios, sin ninguna extravagancia.

Nancy entendió que debía mantener un perfil bajo y se comprometió a seguir al pie de la letra las indicaciones de la abogada.

Los días de Nancy fueron difíciles, pero no tanto como los de Marcela. No entendía cómo todo se había complicado tanto. Ya no sabía ni siquiera quién era realmente. Siempre había pensado que podía llegar muy lejos con su inteligencia y su belleza y de repente se encontró atrapada en su propia red de engaños. No era una persona religiosa y empezó a rezar. Tenía mucho miedo. De terminar en la cárcel. De perder a su hija. De nunca recuperar a Jota. En el fondo de su corazón seguía construyendo la fantasía de buscarlo, explicarle su situación y que él la perdonara.

Marcela le pidió a la abogada que le buscara una cita con él. Aunque en principio Catalina se opuso, la convenció de que ella podía lograr que retirara la demanda, aunque no quiso decirle cómo. Tenían que coordinar una audiencia para reunirse y eso implicaba que Jota viajara a Medellín. La abogada, a su vez, convenció a Nancy de que era una buena idea, aunque tendrían que devolverle el dinero que le habían robado.

—Pero, ¿dónde vamos a vivir?

—La verdad, Nancy, es que sería lo mejor porque el otro caso de estafa no se concretó y puedo usar eso a favor de Marcela. La detuvieron antes de que hiciera la transacción, y yo puedo decir que ella la iba a reversar (o cualquier otra cosa), pero en el caso del señor Gómez ustedes sí sacaron la plata y de eso hay pruebas.

Después de revisar sus finanzas, Nancy decidió que iba a entregar el apartamento, de todos modos, les quedaría algo de dinero de los demás clientes.

Cuando el abogado le contó a Jota el requerimiento, se sintió muy confundido. Tenía mucho rencor por lo que le había hecho y, aunque quería una explicación, sabía que sentimientos tan profundos como los que él había tenido por ella no se sepultan de un día para otro.

—¡Será descarada! ¡Tiene huevo! —le dijo Claudia, completamente en desacuerdo con la cita.

—Es verdad, pero si me devuelve la plata es una ganancia.

—¿No será que lo que quieres es verla?

—¡¿Cómo crees...?!

Claudia prefirió mantenerse al margen del tema, aunque temía que el resultado de ese encuentro podría traerle problemas a futuro.

Jota se asombró de ver a Marcela tan triste, sin maquillaje, con el uniforme que le habían asignado y claramente compungida. Aunque él esperaba que le explicara en detalle por qué lo había estafado, lo que ella le dijo lo confundió más:

—Estoy embarazada.

Todos expresaron su asombro, inclusive su abogada.

—Sé que estás enojado conmigo y no te culpo. Tal vez algún día entiendas qué pasó y por qué, pero en este momento te suplico que levantes la demanda; no quiero que nuestro hijo nazca en la cárcel.

Jota sintió una explosión en el pecho, no sabía cómo interpretar lo que Marcela le estaba diciendo y fue su abogado quien tomó la palabra.

—¿Y desde cuándo?

—Tengo catorce semanas de embarazo. —Se paró, se desabrochó el uniforme y salió una barriga que había estado contenida—. Aquí está el certificado médico —añadió, sacando un papel del bolsillo.

Arcesio le preguntó en susurros si era posible que el bebé fuera suyo.

—¡Eso es lo de menos! Ella tiene razón, un bebé no debe nacer en estas condiciones. Vamos a retirar la denuncia.

—Espera —le dijo su abogado—, tenemos que pensarlo mejor.

Vio en los ojos de Marcela la angustia que estaba sintiendo.

—¿Está dispuesta a devolver el dinero? —preguntó Arcesio.

En ese momento fue la abogada de Marcela quien intervino.

—Señores, creo que es mejor que cada parte tenga una conversación privada, antes de negociar. Sugiero que nos tomemos quince minutos y volvamos a reunirnos para presentar alternativas.

Todos accedieron a hacerlo; Jota y su abogado salieron de la sala. Cuando regresaron, la abogada de Marcela ya tenía una propuesta.

—Ella va a devolverle el dinero, con varias condiciones.

—No, no, no… aquí no hay condiciones —respondió Arcesio—. Mi cliente ya ha sido bastante generoso.

—Bueno, en ese caso, no hay nada de qué hablar.

—Un momento —dijo Jota—. ¿Cuáles son las condiciones?

Catalina sonrió mirándola de reojo.

—La primera es que, además de levantar la demanda, firme un documento exonerándola de cualquier acusación similar a futuro —el abogado de Jota asintió—. La segunda es que se haga cargo de la manutención del bebé.

—Eso está más difícil —dijo Arcesio—. En este momento no sabemos si él es el padre. —Marcela hizo un gesto de indignación.

—Se hará una prueba de paternidad una vez nazca el bebé —respondió Catalina.

—Claro, muy conveniente… después de que esté libre de cualquier acusación —interpeló el abogado.

La situación parecía no tener solución y ambos abogados seguían discutiendo, mientras que Marcela y Jota se miraban tímidamente.

—Está bien —dijo Jota finalmente—. Si la prueba de paternidad sale positiva, me haré cargo de mi hijo. —Esas palabras lo removieron por dentro.

—Gracias. —Marcela suspiró aliviada mientras se tocaba la barriga.

Firmaron los documentos correspondientes y, antes de salir, Marcela preguntó por Maia. Jota sintió que había mucho más allá de lo que él sabía, pero no tuvo oportunidad de nada más.

Considerando su estado, que devolvieron el dinero y que a César no le alcanzaron a sacar nada, Catalina consiguió que la dejaran en libertad mientras avanzaba la investigación. Aunque todavía no había sido declarada inocente y no podía salir del país, por lo menos podía vivir el embarazo por fuera de la cárcel.

Miranda fue la más feliz al saber que iba a tener un hermano y pasaba horas acariciándole la barriga. Se habían mudado a un apartamento más pequeño y en un barrio más económico; sin embargo, la angustia frente al dinero las hacía pensar constantemente en opciones y no encontraban una salida. Mientras el embarazo avanzaba, aprovecharon para volver a vender fotos, pero el precio había bajado por el exceso de competencia e influía que ella ya no se veía tan niña como la primera vez.

Con el dinero que tenían ahorrado podían sobrevivir algunos meses, pero no era suficiente para mantenerse después y, si bien Jota se encargaría del bebé, ellas debían buscar alternativas para su propio sustento.

Jota pensaba con frecuencia en todo lo que pasó en el último año y medio. Sintiéndose ridículo por creer que Marcela, una chica tan joven, tan bonita, que en un principio le daba la impresión de ser emprendedora y de un nivel socioeconómico alto, se fijara en él sin ningún motivo más que su buena conversación por el chat.

Y ese pensamiento lo llevó a otro igual de negativo: ¿por qué Claudia regresó?, ¿necesitaba un marido al cual manipular? siendo ella una mujer tan linda e inteligente, seguramente no le faltaban admiradores y pretendientes. Estaba viviendo en Turquía, había encontrado el trabajo de sus sueños y decidió volver a Colombia, volver con él. Esas ideas lo hacían dudar de todo, en especial de sí mismo.

PARTE 6: EL VERDADERO JOTA

22

Un hijo. Cada vez que lo pienso sonrío con la boca, con el corazón y con el cuerpo entero. Y aunque estoy lleno de ilusión, es difícil decidir por dónde empezar. Hay demasiada información sobre cómo ser padre, muchas veces contradictoria. Casi puedo entender por qué mi papá no supo cómo serlo. Cuando pienso en la manera en la que me gustaría ser recordado, quién quiero llegar a ser en la vida, lo primero que viene a mi cabeza es «un buen papá». Lo segundo (que lo pienso como si fuera un susurro) suele ser «no como el mío», después me arrepiento y «un buen papá» es todo lo que importa.

Ojalá tuviera a mi mamá para acompañarme en este proceso. Ella sí fue una buena madre, de principio a fin. Incluso el último día su mayor preocupación era que yo estuviera bien y tranquilo. Y mientras pienso en esto me doy cuenta de que tener un hijo es una responsabilidad para toda la vida, un trabajo de tiempo completo y del que jamás me voy a jubilar.

Empiezo, como siempre que quiero aprender algo, buscando libros. La mayoría están enfocados en el lado femenino de la historia. En lo que debe hacer la mamá, en cómo pasar el embarazo, en los primeros días. Después de mucho buscar, encuentro un par enfocados en los padres, pero la información parece del siglo pasado y claramente ninguno me explica cómo conciliar mi situación: reconstruir mi matrimonio con Claudia mientras tengo un hijo con Marcela.

Después de los libros salto a YouTube. Hay miles de videos, afortunadamente más actualizados y algunos con enfoque en el punto de vista masculino. Mi necesidad de aprender todo lo que está pasando con mi hijo me lleva a descargar una aplicación en la que puedo ir viendo lo que ocurre en la barriga de Marcela para tener una lista de chequeo de todos los momentos importantes y de lo que debemos hacer en cada mes, o más bien, en cada semana, porque aprendo rápidamente que el tiempo se mide de otra forma cuando hay un embarazo.

¡Finalmente llego a los *influencers*! A pesar de haberme negado a ese recurso, admito que hay algunos muy buenos. Empiezo a seguir cuentas como @unpapaconbarba, @papavloggero y @papalonchera; en sus perfiles encuentro información que me parece útil y que voy guardando para cuando llegue el momento de usarla. De repente, todo lo que veo en mis redes sociales son contenidos relacionados con embarazo y bebés, y aprovecho para preparar nuevo contenido para las clases sobre cómo la ficción de las plataformas nos envuelve y nosotros mismos las alimentamos, creando un sesgo permanente.

A pesar de esto, en las redes hay un poco más de equidad de género, y ciertos asuntos que son sensibles y se tocan poco en medios más permanentes como los libros y los videos de YouTube, se comparten con mayor apertura en contenido que se consume rápidamente como las historias de Instagram. Hasta me conecto a algunas sesiones en vivo en las que puedo hacer preguntas sobre temas que inicialmente temo que parezcan tontos, pero descubro que más hombres tienen la misma inquietud. Ahora Claudia se burla sugiriendo que cambie mi usuario de @jotaescritor a @jotapapapendejo (aunque cada vez que lo hace le cambia el nombre a la cuenta).

En resumen, conocimientos básicos sobre la paternidad: ¡listos!

Lo siguiente que debo resolver es la logística, porque definitivamente Marcela no quiere venirse a vivir a Bogotá y en este momento irme a Medellín tampoco es el camino; Claudia me lo advierte cada vez que surge la idea y me inquieta demasiado, quiero ser un padre presente, pero la distancia, aunque no es demasiada, no es fácil de manejar.

Después de algunas discusiones sobre el tema, acordamos que al menos las dos primeras semanas del bebé las voy a pasar en Medellín. Ella aprovechará para reunirse con el editor de la revista en Estados Unidos y para hacer algunos contactos que podrían servirle para el libro, en caso de no conseguir el contrato. Sé que (aunque lo oculte) toda esta situación la tiene más desacomodada que a mí. Yo siempre soñé con ser padre mientras que ella nunca tuvo el mismo anhelo, y siempre encontraba una excusa: nuestra situación económica, su carrera, la vida en Nueva Zelanda… por lo que su viaje me parece lo más oportuno cuando nazca el bebé, así los dos estaremos más tranquilos, cada uno en lo suyo.

Sin embargo, lo que pasará después es todavía incierto y, viendo mi angustia, me convence de que no nos apresuremos hasta tener los resultados de la prueba de paternidad. Decido hacerle caso, no tanto porque esté considerando que el bebé no sea mi hijo, sino para tener (de momento) una preocupación menos.

Conciliación de la situación con Claudia (de manera temporal): ¡lista!

La relación con Marcela es más difícil de llevar. A veces está de buen humor y me envía fotos del embarazo (las cuales evito que Claudia vea porque, aunque nunca llegué a imaginarlo, respira sensualidad inclusive con la barriga que crece cada día). Otras veces es insoportable, me trata mal, deja de responder a mis llamadas, me exige que le mande dinero o trae a la conversación temas que no tienen relevancia.

Su comportamiento me ratifica que la persona a la que conocí cuando estábamos juntos, cuando todo era perfecto, no era más que una fachada, una actuación que había trabajado minuciosamente para lograr lo que quería de mí. Me indigna descubrirlo una y otra vez, darme cuenta de que es una mujer muy inmadura, superficial y materialista. Es dulce (cuando quiere) y ambiciosa, pero más allá de eso nunca sé qué esperar de ella cuando me busca o cuando la llamo.

Conciliación de la situación con Marcela: pendiente.

Decido también iniciar un fondo para la educación del bebé. Aunque se contradice un poco con aquello de no preocuparme por ahora por lo que no sé (dado que la prueba de paternidad puede cambiarlo todo), creo que es importante que mi hijo tenga acceso a la mejor educación posible y que pueda elegir estudiar lo que quiera y donde quiera. Me impresiona lo costoso que puede ser pagar una universidad en el exterior, aun cuando esté reservando el dinero con tantos años de anticipación, y vendo una parte de las acciones que me dejó mi mamá para tener ese capital para él. O ella. Cualquiera de las dos opciones me emociona y a veces me descubro imaginando cómo serán su cara, su personalidad o sus expresiones.

Dinero para la educación: ¡listo!

En la semana veinte del embarazo llega el momento de la ecografía donde podremos saber el género del bebé y decido viajar a Medellín para acompañar a Marcela. Me sorprende ver cómo en apenas seis semanas su cuerpo ha cambiado tanto; aun así, sigue siendo una mujer hermosa y muy activa.

Me trata con cariño mientras que yo no sé cómo comportarme... ¡Todo es tan extraño!, especialmente cuando el médico infiere que soy el papá. Marcela está muy emocionada, parece que conociera cómo funciona el procedimiento, y yo intento demostrar cierta compostura recordando cómo fue el embarazo de Maia. El doctor nos muestra al bebé y yo me quedo petrificado. Me lo he imaginado miles de veces, pero como un niño ya nacido, y lo que veo es una imagen que cambia cuando el médico mueve el aparato de ultrasonido sobre la barriga de Marcela. Para él todo es evidente y para mí nada tiene sentido. Nos indica dónde está la cabeza, la columna vertebral, las piernas y de repente nos muestra algo que, según él, evidencia que es un niño.

A Marcela se le escapa una lágrima mientras me mira y yo le aprieto la mano. Nos dice que está bien para las semanas, por momentos la pantalla se llena de color y nos explica que es cuando el feto se mueve. Toma medidas de la cabeza, nos muestra lo que sería la cara y luego de repasar el resto del cuerpo nos dice «este es el corazón», hace un clic sobre el teclado y puedo escuchar pum-pum-pum-pum-pum-pum... ahora soy yo quien llora.

El bebé mide más o menos quince centímetros y pudimos ver algunas partes de su cuerpo con mucho detalle, como los dedos de los pies. Al final nos muestra una gráfica que ratifica que todo está normal. Son los diez minutos más inolvidables de mi vida.

Cuando salimos, Marcela me pregunta si tengo tiempo para que hablemos, mi vuelo saldrá en la noche y vamos a la cafetería de la clínica. Después de un breve silencio me sorprende con un comentario que no esperaba.

—Hay algo que no te he dicho y creo que es el momento de hacerlo —comienza con un tono infantil, como si fuera una niña que acaba de hacer una pilatuna y espera convencerme de que no la castigue. Yo suspiro con resignación, intentando anticiparme a lo que viene.

—No más mentiras, Marcela, por favor. Dime todo lo que tenga que saber de una vez.

—Hablemos en mi casa.

Tomamos un taxi y hacemos el recorrido en silencio. Es en una zona de la ciudad que no conocía y llegamos a un barrio que se ve bastante humilde. Noto que ella está llorando y se acaricia la barriga mientras mira por la ventana. Al llegar a la puerta nos abre una chica que se despide y le informa que Miranda no quiso almorzar.

—Mamááááá —grita una voz desde el interior. Yo me quedo en la puerta, sin saber qué hacer. Una niña que (calculo) tiene entre cuatro y cinco años sale corriendo a su encuentro

—Jota, te presento a Miranda, es mi hija mayor. Saluda a Jota, bebé.

La niña me mira con desconfianza.

—¿Puedo ver televisión?

—Sí, pero pasito porque necesito hablar con Jota.

Marcela no me da detalles sobre su hija, se limita a explicarme que fue engañada estando muy joven y que el papá nunca la reconoció. Su mamá quería obligarla a abortar, pero ella decidió tener a su bebé, a pesar de no contar con ningún soporte económico. La escucho en silencio, como si estuviera escuchando una conversación entre dos desconocidos de la cual no entiendo nada. Me cuenta que empezó a vender fotos para conseguir dinero y cómo llegó a mí.

—Quiero que sepas que yo sí me enamoré de ti —me dice con los ojos vidriosos—. Aunque todo empezó como si fueras uno más, desde el principio supe que eras diferente.

Siento ganas de vomitar. La admiro por la decisión de tener a su hija, la repudio por vender su cuerpo, la odio por haberme engañado, se me revuelve todo al escuchar que se enamoró de mí.

—Marcela, yo... creo que por ahora es mejor que nos concentremos en el bebé.

—Sí, perdón. No tiene nada que ver, solo quería que supieras.

Conversamos un rato más sobre los planes para el parto y le confirmo que me quedaré las dos primeras semanas después de que nazca.

—Hay otra cosa que no te he contado.

Me quedo paralizado esperando despertar, o que alguien apriete un botón y yo aparezca en otro sitio, o que salgan los camarógrafos y digan «sonría, está en cámara escondida».

—Tengo una hermana; con ella fue que montamos todo esto.

—¿Y por qué no se lo dijiste a la Fiscalía?

—Porque si me metían a la cárcel, necesitaba que ella se quedara con mi hija. Nancy es una segunda mamá para Miranda.

—¿Nancy?

—Sí.

—¿Nancy Morales? ¿Es tu hermana?

—Sí ¿por qué la conoces?

Cada vez entiendo menos. ¿Cómo pueden ser Nancy y Marcela hermanas? ¿Por qué quiso acercarse a mí? ¿Acaso Marcela no lo sabía? Me va a explotar la cabeza. Le cuento que conocí a Nancy en mi primer viaje a Medellín y que seguimos en contacto por un tiempo. Marcela no me cree, se indigna con la idea y me trata de mentiroso hasta que le muestro una foto que tengo en el celular que nos tomamos con el grupo del tour. Le parece increíble que su hermana no le hubiera contado nada. Se lleva un puño a la boca y se muerde con rabia, se pone roja y respira de manera agitada.

A pesar de mi incomodidad, le pido que se calme, recordándole que no es bueno para el bebé ni para ella. Mientras le sirvo agua, veo una foto en la nevera donde están Marcela, Miranda y Nancy en una fiesta de cumpleaños con un pastel que tiene el número cuatro.

—Con razón se puso tan nerviosa ese día que llamaste —dice casi imperceptible cuando recibe el vaso.

Me sorprende lo que estoy escuchando, aunque había bajado un poco la guardia tengo que estar alerta sobre las cosas que Marcela y su hermana son capaces de hacer. Si ni siquiera son leales la una con la otra ¿qué puedo esperar yo? Tengo tanta rabia que quisiera mandarlas a la mierda, pero decido aguantar por el niño. Vuelvo a centrar la conversación en lo que necesitamos coordinar y me despido antes de que llegue Nancy; es la última persona a la que quisiera ver en este momento.

Conforme pasan las semanas repaso mis listas de chequeo. Todavía me falta aprender mil cosas, no logro resolver todavía con Claudia lo que pasará cuando nazca el bebé, el dinero que gano como profesor es insuficiente para mantener dos hogares, es evidente que una relación armoniosa con Marcela nunca será fácil y ser un buen padre es infinitamente más difícil que cualquier proyecto que haya emprendido antes.

«Ser un buen padre»: a punto de reprobar la materia.

23

Semana treinta y siete. Me despierto varias veces cada noche, reviso el celular y me doy cuenta de que apenas pasaron unos minutos desde la última vez que lo hice. Llamo a Marcela para preguntarle cómo amanece y me recita toda la incomodidad que pasó durante la noche. Intento consolarla, pero parece que disfruta echándome en cara que el embarazo es un momento muy duro para ella.

La escena se repite día tras día hasta que en la semana cuarenta y uno recibo la llamada cuando estamos celebrando el cumpleaños de Claudia. Mierda. Me alegro de haber organizado una pequeña reunión con nuestros amigos y no una cena íntima porque al menos así la puedo dejar acompañada. Claudia no puede ocultar su enojo: me reclama en público por haberme dejado engañar para hacerme cargo de un hijo que no es mío, y es Zarina quien la calma mientras salgo a toda velocidad para tomar el último vuelo de la noche hacia Medellín.

Nunca me había parecido que el recorrido era tan largo, y durante el trayecto del aeropuerto de Rionegro hasta Medellín solo puedo pensar en cómo será ese momento en el que vea la cara del bebé. ¿Será igual a mí? ¿Se me quitarán todas las dudas? ¿Y si sale completamente diferente? ¿Qué excusa inventará Marcela?

En el hospital me encuentro con Nancy y me cuesta ocultar el repudio que siento. Cuando me ve baja la cabeza como si tuviera vergüenza (¿o es solo parte de su actuación?).

—¿Qué se sabe?

—Todo va bien, ya está en el quirófano. En cualquier momento nos avisan —responde evitando mirarme.

—¿Y Miranda?

—La dejé con la vecina que la cuida cuando no estamos.

Parece que quiere agregar algo, pero le hago un gesto indicando que no necesito detalles. Abro un libro con la esperanza de que no me hable más.

La sala de espera del hospital me lleva a los peores momentos de mi vida, cuando desconocía que mi mamá estaba a punto de morir. Me paro con frecuencia, miro el reloj, releo la misma página dándome cuenta de que no avanzo porque simplemente no les estoy prestando atención a las palabras. Veo a Nancy de reojo y sigo sin entender por qué se vio conmigo mientras Marcela estaba fuera de la ciudad. Quiero preguntárselo, pero sé que no vale la pena; lo más probable es que no diga la verdad.

—Familiares de Marcela Domínguez, por favor acercarse a la recepción —dicen por el altavoz.

Nos paramos con emoción y la enfermera nos informa que el parto salió bien y en unos minutos van a llevar a la mamá y al niño a la habitación 702. Estoy tan emocionado que abrazo a Nancy olvidando temporálmente todo lo que nos divide.

Cuando pasamos a la habitación, Marcela está observando con ternura al bebé. Me acerco en silencio para no romper la magia del momento, pero ella me descubre y sonríe.

—Mirá a tu papá —le dice al niño levantándolo un poco.

Nada de lo que se haya dicho o escrito sobre este momento es suficiente para expresar lo que estoy sintiendo. ¿Cómo puedo pasar de no ser padre a serlo en unos minutos?

—¡Es perfecto! ¿Cómo te sientes? —pregunto acercándome a la cama con una emoción incontenible.

—Ya te imaginarás… ¡Con un dolor…! Pero qué importa al ver esta carita —responde ella haciéndole mimos.

—No podemos seguir diciéndole «bebé». ¿Qué decidiste del nombre? —pregunta Nancy que espera su turno para cargar al niño.

—Yo quisiera que se llamara como el papá —responde Marcela mirándome.

—Pues a menos que el papá sea otro, me opongo rotundamente a que se llame como yo.

—¿Y no podría llamarse Jota?

—Ese no es un nombre. No, no, no…

Aunque ya habíamos tocado el tema y Marcela tenía una lista de opciones, no hemos tomado ninguna decisión. Durante el embarazo evité meterme en esos detalles pensando que la magia se va a romper cuando la prueba de ADN determine que el bebé no es mío.

—¿Qué tal Juan José? —me pregunta Marcela.

—A mí me gusta —respondo mientras intento encontrar el parecido entre el bebé y yo.

—Hola, mi amor —le dice Marcela hablándole muy cerca de la cara—. A partir de hoy te llamas Juan, como Maluma, y José, como J. Balvin.

Nunca se me habría ocurrido y seguramente hago un gesto ante el cual Nancy explota en una carcajada.

Cada vez que lo cargo hay algo que me une a ese pequeño ser que casi se me escurre entre los brazos, pero a la vez me da mucho miedo crear una conexión profunda que tal vez se derrumbe una vez hecha la prueba. Le mando unas fotos a Claudia a las que solo responde «No se parece a ti», y a mí me duele esa actitud tan despectiva ante un ser indefenso. «Ningún bebé se parece a nadie», respondo, usando su mismo tono hostil.

Los días que estoy en Medellín llego a la casa de Marcela a primera hora, ayudo a bañar al bebé, le cambio el pañal cuando hace falta, intento dormirlo (sin éxito) y estoy pendiente de que ella pueda descansar un poco.

Con los días noto que la actitud de Miranda, que al comienzo estaba muy emocionada con el bebé, cambia y que empieza a sentir celos al ver que la atención se centra en Juan José.

Un día, por casualidad, descubro que Marcela creó una cuenta de Instagram para él en la que ha estado documentando todo el proceso, inclusive desde el embarazo. ¿Cómo se atreve a mostrarlo de esa forma ante todo el mundo?

Tenemos una discusión sobre el tema. Marcela piensa que es importante empezar a construirle un perfil para que gane seguidores y monetizarla cuanto antes, mientras que a mí me parece que exponer su identidad sin saber qué elegirá él más adelante es un abuso contra su libertad. Adicionalmente, creo que es aberrante que la imagen del bebé esté llena de filtros, como si el hecho de ser un niño recién nacido no fuera suficiente.

—¡Suponiendo que me pareciera bien mostrarlo, ¿qué necesidad hay de ponerle todos esos efectos?!

—Es para que se vea más bonito.

—¡Marcela, estás loca! Juanjo es perfecto como es, no necesita que la piel parezca más suave, que sus cachetes se vean más rosados o que los ojos se vean más grandes.

—¡Pero todo el mundo lo hace!

Acordamos que mientras se defina la paternidad no volverá a subir fotos del bebé, y que si es mi hijo no podrá hacerlo sin mi autorización.

Después descubro que fue Nancy la de la idea. Había visto algunas marcas que regalaban productos a las mamás para que las usen y, aunque todavía tenían una cuenta pequeña, ya empezaba a crecer el interés de los seguidores por el día a día de Juan José y por cómo Marcela estaba llevando el posparto.

Entre días que son extenuantes y noches de desvelo se cumplen los diez días que habíamos decidido esperar para hacer la prueba de paternidad. Después de tomarnos las muestras en el laboratorio, nos indican que en una semana recibiré los resultados por correo certificado.

Veo la angustia en la cara de Marcela.

—¿Tienes alguna duda?

—No, no me acosté con nadie más por esos días. Y, en los últimos meses, solo tuve sexo sin condón contigo.

—¿Y entonces?

—Es que... No sé... Pasan tantas cosas... Y si tú no nos ayudas... —se pone a llorar abrazando al bebé.

—Tranquila, ya veremos. Por ahora sigamos como vamos y deja de pensar en volver al bebé *influencer*.

Regreso a Bogotá tres días después con la determinación de que no voy a ver el resultado de la prueba, y le aviso al portero para que cuando llegue lo bote a la basura.

Soy y siempre seré el papá de Juan José.

24

Los primeros meses del bebé los vivo entre la incertidumbre de ser padre en la distancia y las peleas con Claudia.

—Si soy el padre biológico de Juanjo o no, no tiene importancia. Él necesita un papá que lo cuide.

—¡Sí que eres pendejo! Bien planeado lo tendría la mosca muerta esa. Seguro que le hablaste tantas veces de tu complejo de hijo adoptado que ya sabía cómo terminar de atraparte.

Me está costando conciliar mi decisión de involucrarme en todo lo que tenga que ver con el bebé con la esperanza de que nuestro matrimonio funcione. Marcela me llama si el niño está ahogado, sin importar que sean las dos de la mañana. Me envía fotos donde puedo ver cómo está creciendo de rápido y, a pesar de las quejas de Claudia, le mando plata para que le compre ropa nueva. Tiene depresión postparto y vive de crisis en crisis, así que viajo a Medellín con frecuencia para ayudarla.

—¿Tú crees que el matrimonio es para toda la vida? —me pregunta Claudia mientras le muestro unas fotos del niño. Me quedo callado pensando en la respuesta más honesta posible.

—Yo tampoco lo creo —dice interpretando mi silencio—. Pero un hijo sí es para toda la vida y cada día te veo más apegado a Juan José. —Sigo sin hablar, intuyendo hacia dónde va la conversación—. Lo mejor es que nos separemos antes de hacernos daño.

Aunque yo pensaba que con el tiempo todo se iba a estabilizar y que lograríamos alguna dinámica que nos funcionara, me cuenta que la revista le ofreció un trabajo fijo en Estados Unidos y una vez salgan los papeles se quiere mudar a una ciudad al lado de las montañas, en Carolina del Norte.

Al llegar el día, la despedida es más difícil de lo que pensé. La observo en silencio mientras le habla a Maia en un tono muy bajo y con lágrimas en los ojos, intentando ignorar que yo estoy aquí. El portero le avisa que el taxi para llevarla al aeropuerto la está esperando y cuando está a punto de salir la detengo y la abrazo. Ninguno de los dos dice nada. Siento el calor de su cuerpo una vez más. Percibo el olor de su pelo. Las lágrimas tibias que se mezclan con las mías.

—El amor a veces no es suficiente para sostener la vida —le digo dejando que se marche.

Al terminar el semestre me mudo a Medellín. Encuentro un apartamento a pocas cuadras de donde vive Marcela; así cada uno tiene su espacio y puedo ir a ver a Juanjo cuando quiera. Consigo trabajo de inmediato en una universidad y empezar de nuevo, lejos de Bogotá, de la tristeza de la muerte de mi mamá y del dolor de la separación de Claudia, me viene bastante bien. Maia también parece más contenta, el clima le gusta más que el de Bogotá y es la consentida de Miranda, quien además de pasar horas jugando con ella, le da comida todo el tiempo creyendo que no me entero.

Ser papá es muy diferente a lo que investigué durante el embarazo. Me atrevo a afirmar que ningún libro, video ni *influencer* puede transmitir lo que es en realidad. Muchas veces se trata de adivinar qué le pasa al bebé, por qué llora, por qué hace determinado sonido, por qué se ofusca… Aunque cada pequeño detalle me hace feliz, la mayoría del tiempo estoy lleno de preocupaciones. Pensé que sería bonito que la crianza fuera compartida con Marcela, pero veo que, una vez derribada la máscara del engaño, los dos tenemos formas de pensar tan distintas que al tratar de llegar a un acuerdo siempre terminamos peleando.

Varios libros que leí dicen, por ejemplo, que los niños deben aprender rutinas para que sea más fácil que se incorporen a la vida familiar, pero a ella no le importa que Juanjo se quede despierto hasta tarde o bañarlo a diferentes horas cada día.

Mientras yo me preocupo por darle el mejor alimento, ella quiso dejar de lactar pronto (a pesar de que no era lo más recomendable) y tuvimos que pasar a una fórmula de supermercado. Desde los detalles más pequeños hasta los más profundos, los dos tenemos ideas contrarias sobre lo que es correcto y lo que no, y es claro que no tenemos las mismas prioridades. Más de una vez se ha quejado de que no ha podido peinarse, maquillarse o arreglarse las uñas porque está muy ocupada con el niño, y ahora tiene una obsesión enfermiza por bajar rápido de peso y volver a la figura que tenía antes del embarazo.

¿Cómo puede estar más preocupada por actualizar su armario con las últimas tendencias de la moda que por pasar tiempo estimulando a su hijo?

Empezamos a discutir y me doy cuenta de que es mejor no compartir el mismo espacio. Arcesio sugiere que nos repartamos los días que pasamos con el bebé y, aprovechando mi horario en la universidad, propongo cuidarlo los martes, los jueves y los fines de semana. El único camino que me queda para que ella acepte es aumentar un poco la suma de dinero que le doy todos los meses.

Una vez llegamos a un acuerdo, me emociona la idea de crear un espacio para mi hijo y me mudo a un apartamento más grande en el que pueda tener su propia habitación. Decoro con imágenes de animales de la selva porque quiero que crezca amando la naturaleza y me encargo de comprar todo lo que pueda necesitar cuando esté aquí.

Intuyo que Marcela volvió a su trabajo anterior. Veo que se está comprando muchas cosas, y con el dinero que le doy es imposible que le alcance. También tiene una actitud más indiferente hacia mí y algunos fines de semana me pide que me quede con el niño. Aunque cada día me siento más inmerso en mi rol de padre, creo que no es bueno para Juan José crecer en un ambiente dividido.

Los días que no estoy con mi hijo tengo tiempo de sobra y empiezo a escribir. Decido crear una historia con los retazos de conversación que encontré en la correspondencia entre mi mamá y mi tía. No soy un *influencer*, no tengo una editorial interesada en mi trabajo, no sé cómo publicar, pero parece que ahora las palabras fluyen con facilidad. Después de algunos días ya tengo un buen ritmo, y cada vez que me siento a escribir en el balcón, viendo el atardecer en el horizonte, con una taza de café en la mesa, puedo hilar una idea tras otra como no lo había hecho antes.

Ya no siento la necesidad de ocultarme que tuve cuando creé el perfil de @jotaescritor, ya no tengo miedo cada vez que algún colega me pregunta en qué van mis proyectos literarios, ya me liberé de la presión de estar a la altura de Claudia, casi sin proponérmelo las historias están cobrando vida y me convenzo de que ser escritor es, por encima de todo, ser honesto conmigo mismo. Tan honesto como para aceptar que todavía desconozco muchas cosas sobre la técnica si me comparo con los autores de esos libros magistralmente escritos que leo. Tan honesto como para andar tomando notas sobre lugares y así aprender a escribir mejores descripciones. Tan honesto como para entender que los diálogos me salen muy mal y que mis personajes son muy planos. Tan honesto como para leer lo que escribí la semana pasada y ser consciente de que me falta mucho talento.

Soy escritor, me digo todos los días, con la esperanza de que sea cuestión de tiempo y de perseverancia. Con el gusto de serlo para mí, no para cumplirle a alguien más.

Empiezo con esta idea: «Una mujer mayor de clase media no puede tener hijos y un sacerdote amigo la ayuda a adoptar a un niño que fue abandonado en la puerta de su iglesia».

Me imagino a mi mamá riéndose de mi exceso de creatividad, pero celebrando que al fin estoy escribiendo.

«El niño realmente es hijo de su esposo, aunque ninguno de los dos lo supo jamás. El hombre nunca quiso al niño, sin saber que era su propio hijo, mientras que la mamá lo adoraba hasta las entrañas, a pesar de que no era su madre».

Lo escribo como si fuera yo mismo: «Odio la clase de siete de la mañana» aunque nadie quiere leer autoficción y mi vida no es tan interesante. ¿O sí? Me dejo llevar por esa línea. «Al crecer el niño se convierte en un aspirante a escritor que tiene tanto miedo de mostrar quién es que se esconde detrás de las redes sociales. Un hombre que ha mentido tanto sobre su vida que, sin saber cómo, termina enamorándose de una mujer perfecta. Una mujer perfecta que solo es una fachada para crear una estafa. En resumen, dos personas que fingen ser quienes no son, se enamoran y finalmente no saben cuánto de lo que aman es de su personaje o cuánto es de ellos mismos».

Cuando termino la novela, la guardo en un cajón sin el menor interés de mostrársela a nadie. Llevo tanto tiempo dudando de mí mismo y de mi capacidad de escribir que decido darme un espacio, como recomiendan los grandes, para alejarme de ella antes de volver a leerla.

El final de la novela llega con las vacaciones de fin de año. Es la primera vez que paso Navidad en Medellín y me gustan los alumbrados que adornan el centro de la ciudad, la avenida del Río, el cerro Nutibara, los parques de Envigado y Sabaneta. Una cosa es ver las fotos o los videos en los noticieros, otra muy distinta es pararse debajo de las luces y sentirse niño otra vez, asombrarse por las formas y los colores.

Quiero que Juan José viva las tradiciones que no podrá enseñarle su abuela. Hago el pesebre y (¡¿quién iba a pensarlo?!) organizo la novena para todos los días. El centro de atención no es Juanjo, que apenas se entera de lo que está pasando, sino Miranda, que parece viviéndolo por primera vez; quiere ser la que canta los villancicos, comerse los dulces que preparo y quedarse con todos los regalos.

Esto sería perfecto si mi mamá también estuviera aquí y si Marcela pusiera un poco de su parte. A veces, cuando voy a llevar al niño al mediodía, la encuentro dormida y desarreglada, todavía con signos de resaca. Me llama la atención que Juan José se pone a llorar cuando lo llevo a la casa y, en ocasiones (cuando lo recojo) me da la impresión de que en los pocos días con su madre ha retrocedido en lugar de avanzar.

—¿Qué te pasa? —le pregunto a Marcela casi por obligación, notando que está muy triste.

—Nada —me dice limpiándose las lágrimas—. El niño ha estado como sueltico; mejor dale comida suave estos días.

—¿Qué te pasa? —insisto porque sé que está fingiendo—. Somos amigos; cuéntame lo que sea.

No suelta media palabra, pero aprovecho para preguntarle si quiere que el niño se quede conmigo esta semana. Ella me agradece la ayuda y me pregunta si también puedo llevarme a Miranda, Nancy está trabajando tiempo completo aprovechando que todavía no empieza la universidad. Me parece inusual, pero accedo.

Miranda es una niña muy conversadora y a través de ella puedo saber lo que está pasando en la casa.

—Mi mamá tiene un novio —me dice cuando le pregunto si hay alguna novedad.

—¿Y qué te parece?

—No sé... Es como un abuelito. —Hace una mueca de desaprobación.

—¿Tu mamá lo quiere?

—Pues, a veces sí y a veces no.

—¿Por qué dices eso?

—Porque unos días llega contenta, cantando y bailando, y otros días llega triste y llora todo el día.

No es una buena señal. Decido estar más atento en adelante y busco una niñera que pueda ayudarme cuando regrese al trabajo. La situación se repite con mayor frecuencia: cuando llego a recoger a Juan José, la mamá me pregunta si puedo llevarme a Miranda, y a veces me llama el día antes de que lo regrese para que me quede con él una semana más.

Aprovecho que hay un control con el pediatra para buscar un espacio y hablar con Marcela. En la consulta está muy atenta a las observaciones del médico, la veo sonreír con esa expresión dulce que en algún momento me enamoró y cuando el doctor le hace unas recomendaciones (que yo, con mi amplio conocimiento gracias a los papás bloggeros, ya le había dado) asiente y me mira con un gesto de arrepentimiento.

Al salir la invito a tomarnos un café. Está en un buen día y me cuenta cosas de Juanjo de las que no habíamos hablado antes, como que le encanta la música y que ella le canta todo el día. También me pregunta por la universidad y si he escrito algo en los últimos meses. Encuentro una versión de ella que no conocía y, aunque me seduce su actitud, se encienden mil alarmas en mi cabeza recordando lo fácil que se le da actuar y fingir ser quien no es.

—Quería pedirte un favor —me dice mordiéndose un poco el labio.

—Dime.

—Es que... yo quiero que Juanjo esté orgulloso de la mamá, como seguramente estará de ti. Yo quiero que él nos quiera y nos admire a los dos por igual.

La escucho con intriga, no era justamente lo que esperaba.

—Claro, yo también quiero lo mismo —le digo para romper el silencio y darle confianza porque duda antes de continuar.

—Quiero estudiar en la universidad... No hagas esa cara, no te estoy pidiendo plata, lo que quiero es conseguir un trabajo para ahorrar y de pronto, combinándolo con un préstamo, empezar en uno o dos años. El favor que necesito es que me ayudes con los horarios, para poder trabajar.

Wow. ¡Definitivamente no me lo esperaba!

—Marcela, yo... ¡Claro, cuenta conmigo! Pero pensé que habías vuelto a lo de antes...

Baja la cabeza y se queda mirando a Juan José por unos momentos.

—Mira, Jota, es muy complicado y sé que para ti es difícil de entender. Yo no sé ganar plata con otra cosa y Nancy me hizo un contacto con uno de sus jefes en el *call center*. Ella... ella lo hace por mi bien porque yo necesito la plata, con lo que ella gana pagamos el arriendo y los gastos básicos, pero yo necesito otras cosas, comprarle ropita a Miranda, buscarle un colegio para el próximo año. Entonces Nancy me dijo que empezara a salir con ese ricachón que seguro me iba bien. Y la verdad es que lo que me paga me sirve mucho, pero yo no puedo seguir así. —La escucho intentando no enojarme, esperando a que me cuente la historia completa—. No quiero despertar un día y que mis hijos ya estén grandes o que me odien. Yo no puedo darles este ejemplo, yo necesito salir de este hueco, y aunque sé que tú no darías un peso por mí, te lo imploro, te lo suplico, por este bebé que se merece una buena mamá…

Las últimas palabras las dice llorando y a mí se me parte el corazón. Sin embargo, la historia no me cuadra del todo; no entiendo por qué Nancy la está llevando otra vez por ese camino.

—Tranquila, todo va a salir bien; vamos a resolverlo.

Ella se limpia las lágrimas y sonríe.

—¿En qué te gustaría trabajar?

—Yo creo que lo mío es el diseño de modas —comenta un poco más animada—. Mira que siempre he tenido buen gusto, lo que me falta es plata porque para eso se necesita un capital. Se me ocurrió que podría trabajar en un almacén de ropa, o algo así, para ir aprendiendo. ¿Muy loco?

La idea no es descabellada. Además de tener un buen porte y ser encantadora, es verdad que Marcela tiene talento para la moda y creo que le podría ir bien. Le aseguro que puede contar con mi apoyo.

—Voy a empezar a buscar trabajo entonces y según lo que consiga te aviso para ver cómo cuadramos. ¡Gracias! Ahhhh, por favor no le comentes nada a Nancy, sé que no le va a gustar; tengo que ver cómo toco el tema.

25

Después de pocas semanas vuelvo a encontrarla borracha, triste, enojada, temperamental. Me parece que el impulso que tenía se perdió e intento hablar con ella, pero está más perdida que de costumbre.

—Perdóname por haber dicho tantas pendejadas —me dice cuando la confronto.

—A mí me pareció una buena idea…

—No, no es buena idea —grita Nancy desde la cocina; no me había dado cuenta de que estaba en la casa.

—¡Exacto! No es buena idea —confirma Marcela con lágrimas en los ojos.

Hay demasiadas cosas que no entiendo. A pesar de todo el tiempo que llevamos conociéndonos, sus cambios me siguen asombrando. Mientras revisamos las cuentas del último mes en el que, según ella, los gastos del niño incrementaron, escucho un ruido que viene de la habitación de Miranda y a la niña gritando «mamáááááá». Marcela ni siquiera se levanta y Nancy sale corriendo a ver qué pasó. Aparece con ella en brazos, sobándole la cabeza, y le pide a su hermana que saque hielo del congelador. Yo me quedo estupefacto; ni siquiera se inmutó cuando la niña gritaba.

—Ya mi amor, no llores, no pasó nada —le dice Nancy consolándola.

—Me... me du... me duele —solloza Miranda tocándose la cabeza.

—Apurale con el hielo que ya le está saliendo un chichón a mi princesa.

Marcela le entrega la bolsa de hielo y, sin mirar a la niña, vuelve a la mesa para seguir revisando los números conmigo.

—Mirá, Jota —nos interrumpe Nancy—, dejá de ser tan hambriento. Un bebé gasta mucho y nosotras no tenemos cómo mantener a Juan José como vos querés, dizque dándole compotas hechas en casa o poniéndole cremas caras en la cola. Si no vas a subir el valor mensual, no te metás en cómo yo crío al niño.

—¿¡Tú!? —pregunto con asombro.

—Sí, yo. Porque esta —señala a Marcela con la boca— no sirve para nada (como ya te diste cuenta). Ni siquiera para explicarte en qué se va la plata. En esta casa yo manejo todo, además de estudiar y trabajar; así que o subís la cuota mensual o nos vamos a una demanda con abogado.

Me impresiona la escena; Miranda se siente mareada y Nancy se la lleva para acostarla. Marcela llora en silencio.

—¿Qué está pasando? —le pregunto mirándola a los ojos.

—Nada, ella tiene razón.

—Pero, Marcela, ¿por qué la dejas manejar todo? ¿Desde cuándo Miranda la trata a ella como la mamá?

—Es lo mejor para la niña; que se acostumbre a que Nancy sea la mamá y yo la tía. Mi hermana es mejor en todo... hasta en esto.

Terminamos de revisar las cuentas y, aunque hay muchas cosas que no me cuadran, accedo a subir un poco la cuota mientras lo consulto con Arcesio. Me voy con la certeza de que Nancy está robándole la vida, obligándola a ser quien no quiere y asumiendo el rol de madre de los niños.

Le propongo a Marcela que en el siguiente control médico de Juan José organice todo para que alguien cuide a Miranda y nosotros podamos pasar algunas horas juntos. Cuando la recojo está muy emocionada, arreglada como si fuera para una cita, vestida como solía hacerlo cuando se veía conmigo.

—Vamos a dejar al niño en mi apartamento con la niñera —digo cuando salimos del consultorio del pediatra.

Ella sonríe con coquetería, sin imaginar lo que tengo preparado. Después de dejar a Juan José, la llevo al centro de convenciones.

—¿Qué vinimos a hacer aquí?

—Están en la feria de la moda y compré entradas.

Se transforma ante mis ojos.

—¿¡Es en serio!?

—¡Claaaro!

Da saltos de alegría y me abraza. Brilla con una luz que yo no conocía. Diferente a las miles de veces que la vi en las redes sociales, a lo que compartimos en Cartagena cuando nos conocimos, a cuando me visitó en Bogotá, a los últimos meses y a lo que mostraba entre redes: esa gran red de mentiras en la que me atrapó. Sobre todo, distinta a quien es cuando está con su hermana.

Recorre el lugar como si fuera una experta. Reconoce los nombres de los diseñadores, se acerca a las modelos para tomarse fotos con ellas, pregunta sobre tendencias a quienes atienden en los *stands*. Se emociona con temas que yo desconozco y de los que nunca la había escuchado hablar, con propiedad, como si entendiera perfectamente todo lo que está a nuestro alrededor. Se convierte en una coleccionista de catálogos, muestras gratis, *souvenirs*...

Me siento agotado después de algunas horas, mientras que ella sigue emocionada con todo lo que pasa a nuestro alrededor.

—Sentémonos un rato. Estoy mamado. —Señalo una mesa en la plazoleta de comidas.

—Pero ya va a empezar el desfile... Bueno, sí, diez minuticos.

Revisa la programación de la feria y yo voy por café. Al regresar veo a otra mujer: concentrada, tranquila, inclusive con una actitud corporal distinta; siento que es la primera vez que me muestra quién es.

—¿Todavía tienes dudas de que este es tu camino?

Baja la mirada, se muerde el labio, aparecen otra vez los ojos tristes.

—Gracias por este regalo.

—¿Y?

—Y ya. Es como ser cenicienta sabiendo que pronto será la media noche. Esta vida no es para mí.

—¿Por qué?

—Ay, Jota, tú sabes… los niños, Nancy.

—No, Marcela, no sé. Cuéntame qué está pasando. —Está a punto de cerrarse de nuevo y le tomo la mano—. Dímelo.

—Cuando le mencioné a Nancy que quería trabajar, me demostró que no es viable. Con lo que pagan en un almacén no me alcanza para cubrir lo de una niñera para Miranda y, al final, es tiempo y plata perdida. La prioridad es que mi hermana pueda graduarse de la universidad y conseguir un trabajo profesional. Mira, ella es muy inteligente, entiende cosas que yo no logro descifrar, no tiene este pasado que yo tengo… —Sin terminar la frase, empieza a llorar.

—Tranquila. —La abrazo.

—Además, hay algo que me da mucho miedo…

Mi cuerpo se tensa instintivamente. Le suelto la mano de inmediato. Ella percibe mi desconfianza.

—No tiene que ver contigo; no, no te preocupes, es otra cosa… La investigación en mi contra todavía está abierta; Nancy me dijo que tiene pruebas contra mí, pruebas con las que me podría mandar de manera definitiva a la cárcel y… —se ahoga y apenas puedo entenderle— y me quitarían a mis hijos. Prefiero hacer lo que ella me dice y convertirme en la tía de los niños antes que perderlos.

Terminamos el café en silencio. Nancy la está haciendo sufrir mucho.

Toda la luz que vi en las últimas horas se apaga con esta conversación y me dice que es mejor que regresemos antes de que su hermana llegue al apartamento. Entiendo que no es el momento de profundizar en el asunto y que yo tampoco tengo las respuestas. Me agradece varias veces en el camino, recogemos a Juan José y, cuando la llevo a su casa, me invita a pasar. Ambos nos sorprendemos cuando Nancy llega a los gritos, unos minutos después.

—¡Muy bonito, ¿no?! ¿Dónde andabas metida?

—Teníamos cita médica con el niño —responde Marcela mirándola con miedo.

—Sí, a las once de la mañana. ¿Sabés qué hora es? ¡Casi las siete! ¿Se lo estás dando gratis a este pendejo o qué?

—Mire, Nancy, conmigo no se meta —le digo conteniendo la rabia—. ¿Cuál es el problema?

—El problema, señor, es que esta dejó metido a un cliente que la estaba esperando. Uno que sí paga por comérsela.

Marcela abre la aplicación del calendario en su celular y parece darse cuenta de que pasó algo muy malo.

—¿Roberto te llamó?

—¡Claro que me llamó! Está furioso. Vamos a tener que darle algún servicio especial gratis. Incluso me amenazó con echarme a mí del *call center*.

—¿Quién es ese? —pregunto.

—Jota, mejor déjame hablar con mi hermana. Gracias por todo. Después hablamos los dos —me pide Marcela en tono conciliador.

Me despido del niño y salgo bastante preocupado por todo lo que me contó y por la actitud de Nancy. Cuando voy a abrir el carro no tengo las llaves y regreso a la casa; en ese momento escucho gritos de Marcela a los que se suman el llanto de Miranda y el de Juan José.

Timbro desesperado y nadie me abre. Empiezo a dar golpes en la puerta, pero no aparece ninguna de las dos. Le marco a Marcela al celular y nada. Amenazo con llamar a la Policía y suena mi teléfono.

—Jota, vete tranquilo.

—¿Estás bien?

—Sí, no pasó nada. Todo está bien. Después hablamos.

—Pero... ¿estás bien?

—Sí, ya te dije. Vete. Por favor.

—Dejé las llaves del carro; no puedo irme.

Marcela cuelga, Nancy abre la puerta y me entrega las llaves.

—No te metás en lo que no te importa —dice desafiante—. Aquí la que decide sobre la vida de Marcela soy yo.

—Estás muy equivocada. Primero, porque sí me importa; Marcela es la mamá de mi hijo. Y segundo, porque es ella quien debe decidir sobre su futuro.

Veo la rabia en el rostro de Nancy cuando me tira la puerta en la cara. Me voy preocupado y, luego de repasar todo lo que ocurrió, llamo a Arcesio para contárselo. Me explica que, si bien pueden conseguir más dinero con una demanda, la mensualidad que aporto ya es bastante generosa y no cree que puedan perjudicarme, menos aún afectar el trato que tenemos con respecto al niño. Cuando hablamos sobre las supuestas pruebas que podrían llevar a Marcela a la cárcel, se queda en silencio unos minutos.

—¿Cuántos años tiene Marcela?

—Veintitrés.

—¿Y la niña?

—Acaba de cumplir cinco.

—Eso significa que cuando empezó a vender las fotos en embarazo era menor de edad, ¿no? —Saco las cuentas y tiene razón, aunque no entiendo hacia dónde va.

—Si Nancy estuvo involucrada, Marcela la podría acusar por impulsarla a la explotación sexual siendo menor. Más aún si la sigue llevando por ese camino. En la práctica actúa como una proxeneta.

Entiendo la idea de Arcesio, pero no veo cómo convencer a Marcela de implementarla.

—Déjame veo qué puedo hacer sin involucrarte. Y ten cuidado. Ella ya te manipuló en el pasado y nada te garantiza que no lo esté haciendo ahora.

Los siguientes días Marcela solo me escribe por WhatsApp; cada vez que la llamo me manda a buzón. Cuando voy a recoger o a dejar a Juanjo me atiende la vecina que cuida a los niños y responde a todas mis preguntas con monosílabos. Después de un par de semanas parece que todo regresa a la normalidad.

—¿Qué has pensado de los planes que tenías? —le pregunto cuando por fin nos vemos.

—Estoy trabajando en algo, pero no quiero contarte todavía —me dice en susurro como si alguien pudiera escucharnos, a pesar de que estamos solos con los niños.

—Sabes que cuentas conmigo —agrego intentando que me diga de qué se trata.

—Lo sé y voy a necesitarte, pero por ahora es mejor que no tengas nada que ver con esto. Te aseguro que las cosas van a salir bien. Estos días me han servido para entender muchas cosas y estos niños, los dos, me dan la fortaleza que necesito para tomar la decisión más difícil de mi vida.

—No vayas a cometer una locura. —Tengo miedo de lo que pueda venir.

—No, tontico, no pienses mal. Confía en mí; yo estoy contando contigo.

Dos días después, me llama y me pide que vaya a su casa lo más pronto posible. Cuando llego, la encuentro con la cara hinchada, pero con una sonrisa triunfal. No encuentro palabras para preguntarle lo que está pasando y ella, ante mi silencio, me hace seguir y me dice que la Policía se llevó a Nancy hace unas horas y que ella puso una denuncia por maltrato en la comisaría. Su hermana está retenida, al menos por unos días, y ella está avanzando en una demanda para sacarla por siempre de su vida.

—¿Cómo hiciste?

—La semana pasada me llamó Catalina. ¿Te acuerdas de ella? La abogada. Me dijo que necesitaba hablar conmigo. Nos reunimos y me explicó que estaba revisando mi archivo para cerrar el caso y encontró algo que le llamó la atención.

—¿Qué cosa?

—Ella vio que yo era menor de edad cuando empecé a vender las fotos, inclusive cuando me acosté con el primer cliente. —La escucho repetir más o menos lo mismo que Arcesio me había explicado—. En esa época yo no tenía cuenta bancaria, los clientes le consignaban toda la plata a Nancy.

Habla casi sin respirar.

—El día que me llevaste a la feria me cogió a golpes como nunca lo había hecho. Le conté a Catalina y me dijo que, a pesar de que Nancy destruyó la mayoría de las pruebas cuando me detuvieron, que me golpeara y me obligara a acostarme con hombres era una prueba de que me estaba explotando sexualmente.

Se quedó en silencio. Como si por primera vez entendiera la gravedad de todo lo que había vivido.

—Y hoy… Ay, Jota… Hoy se enojó horrible porque me descubrió leyendo unos cuentos[7] que me habías mandado hace tiempo por correo, ¿te acuerdas? Cuando ni siquiera nos habíamos conocido en persona.

—Sí. No puedo creer que todavía los tengas… Pero ¿por qué se enojó?

—Empezó a decirme que perdía el tiempo contigo, que me estaba volviendo vieja para el negocio, que iba a terminar peor que mi mamá… Mejor dicho, tantas cosas que no te puedo ni explicar porque nada tenía que ver con nada. Yo me salí de mis casillas, empecé a gritarle también, los niños lloraban, los encerró en la pieza y en un ataque de ira me empezó a pegar. ¡Fue tan horrible! Me metí en el baño, llamé a Catalina y me dijo que ya venía con la Policía.

Le pido a Marcela que pare y respire. Todo esto la hace sufrir, pero no quiere detenerse.

—Esperé unos minutos para darles tiempo de que llegaran y salí a desafiar a Nancy. Incluso —se rió— hasta le dije que me iba a casar contigo ¡Perdón! El caso es que se enojó más y me pegó con más rabia. Cuando llegó Catalina, me encontró vuelta nada y a Nancy bañada en sudor. Se la llevaron y, después de dejar a los niños con la vecina, fuimos a poner la denuncia.

—¿Qué sigue ahora?

---

[7] Encuentra en alexandracastrillon.com/entreredes/ los cuentos de @jotaescritor.

—Aquí es donde necesito tu ayuda. Quiero irme de esta casa a un lugar en el que Nancy no pueda controlarme. Pensé en alquilar un apartamento más pequeño que también sea más fácil de pagar. Aunque tengo algo de plata escondida, no es mucho lo que puedo sobrevivir sin conseguir trabajo.

Entiendo todo lo que Marcela me está diciendo, pero una voz en mi interior sigue prendiendo las alarmas.

—¿Cómo te ayudo?

—Quería saber si… si puedes pagar una niñera para Miranda y para Juanjo, así al menos puedo trabajar tiempo completo.

—Sí, sí, claro. Cuenta con eso.

Me abraza agradecida y me voy pensando en todo lo que acaba de vivir y en quién me ha demostrado que es ahora cuando habla sobre el futuro. Reconozco a la mujer emprendedora que conocí, a la mujer sensible y cariñosa que se preocupa por sus hijos. La veo transformada en quien siempre fue, más allá de la manipulación de Nancy y de todas las cosas terribles que le han pasado.

Recuerdo nuestra conversación de hace algunos meses y sé que Juan José algún día se sentirá orgulloso de ella. ¿Puedo decir lo mismo sobre mí? Sigo sin ser el escritor que quiero ser, oculto en la comodidad de las clases en la universidad, escondiendome a través de un perfil en las redes sociales. ¿Quién soy realmente? Más allá de la presión de mi papá, de la falta de apoyo de Claudia, de la fe ciega de mi mamá… Marcela se transforma ante mis ojos y me averguenzo de todo lo que a mí me falta.

26

Concluyo que la mejor forma de ayudarle a Marcela es que se mude a mi apartamento, así yo puedo encargarme del costo del arrendamiento, de la comida y del cuidado de los niños. Ella se muestra indecisa.

—No quiero pasar de vivir bajo las órdenes de Nancy a hacerlo bajo las tuyas. Si me voy a tu apartamento, es como amiga, no como pareja, y te pido que seas respetuoso con lo que yo decida.

Entiendo su preocupación y le prometo que será como ella dice.

—Bueno, pero solo hasta que consiga un trabajo estable. Tengo que lograr esto por mí misma.

Su determinación es inquebrantable y en menos de un mes ya está trabajando en «El Hueco». Cuando me cuenta me inquieto pensando que es el nombre de un prostíbulo, pero (muerta de la risa) me aclara que es el sector comercial de Medellín en el centro, como si fuera San Victorino en Bogotá. Cada día se levanta a las cinco de la mañana, organiza la casa en silencio, prepara la comida para nosotros y para llevarse al trabajo; toma todas las horas que le programan, inclusive los fines de semana, y cuando llega en la noche, si los niños están despiertos, les dedica un rato (a pesar de que se le nota el cansancio).

Imagino que pronto extrañará su vida de *influencer*, la libertad de tiempo, el dinero para mantenerse arreglada, la admiración de los hombres; pero con el pasar de los meses parece haber olvidado todo eso, e inclusive, cuando le pido ayuda para utilizar un nuevo formato de Instagram que no conozco, me dice que cerró todos los perfiles hace meses y no sabe de qué le estoy hablando.

Es una máquina de trabajo e insiste en ayudarme con algunos gastos de la casa; yo le sugiero que ahorre el dinero para cuando lo necesite.

—No quiero sentirme arrimada. Por favor, déjame pagar aunque sea los servicios.

Cada cosa que hace me confronta con mi falta de determinación. Decido releer la novela que escribí y buscar alguna editorial que quiera publicarla.

—¿En qué estás trabajando? —me pregunta cuando, al querer organizar el estudio, ve el montón de papeles pegados en las paredes.

—En una novela… aunque todavía falta mucho.

—¿Puedo leerla?

—Falta mucho —repito.

—¿Seguro que es eso? Aquí parece que todo está ya muy explicado.

Le entrego una copia del manuscrito mientras sigo trabajando en la revisión y me emociona ver que todos los días lee algunas páginas a la hora del almuerzo y que me hace comentarios sobre lo que va leyendo.

—¿Cuál va a ser el título?

—Falta mucho.

Suelta una carcajada.

—¡Ese título no le cuadra!

—Ja, ja, ja. —Río de manera nerviosa—. No… quiero decir que falta mucho trabajo; todavía no he pensado en el título.

—Sé que no tengo tu conocimiento y que tal vez no sé de qué estoy hablando, pero me parece que le falta muy poco. No he leído muchos libros, pero sí como unos… unos diez, y esta novela me encantó.

—¡Gracias! —respondo sorprendido.

—¿Y entonces?, ¿cuándo la vas a publicar?

—No sé, no creo que esta historia les interese a las editoriales.

—Pero podría interesarles a las personas como yo, ¿no?; y si a mí me gustó, puede ser que a alguien más también le guste… ¿no es eso lo importante? O, mejor dicho, ¿por qué escribes?

La conversación se termina cuando Juan José (oportunamente) se despierta y empieza a llamarla. Me siento en el sofá completamente destruido, Maia se acerca para consolarme. ¿Cómo pudo Marcela adivinar todas esas dudas que llevo años sin responder? Me paso la noche sin dormir intentando encontrar una solución a mi dilema, sabiendo que no puedo corregir el borrador de manera infinita.

Marcela no vuelve a tocar el tema, como si lo hubiera olvidado, y yo agradezco ese silencio en el que, aunque ella no me cuestiona, yo sigo preguntándome «¿por qué escribo?».

El último día de clases en la universidad la encuentro en el apartamento en un horario que no es el habitual, maquillada, con ropa nueva y feliz.

—¡Tengo buenas noticias! —Me rodea con los brazos—. ¡Conseguí otro trabajo! Es en una boutique en Oviedo, me pagan mejor y los horarios no son tan duros. Una amiga que trabajaba conmigo y lleva allá unos meses me recomendó, fui a la entrevista y me contrataron. ¡Empiezo el lunes!

La invito a cenar para celebrar y el tema que tanto he eludido vuelve a surgir.

—Si paso el período de prueba y me dejan como empleada de planta, puedo irme a mi propio espacio.

—Pero… no es necesario.

—Sí, claro que sí. Tú necesitas organizar tu vida, conseguir una novia, terminar tu novela; mientras estemos nosotros nada de eso va a pasar.

La escucho sabiendo que tiene razón.

—Te prometo algo, por Juan José —le digo levantando la copa como si se tratara de un brindis—: en un año publico mi novela.

Ella sonríe y levanta la suya.

—En un año publicas tu novela y yo empiezo a estudiar.

Decidimos hacernos un tatuaje que simbolice esa promesa. En la parte interior del brazo de ambos queda escrito para siempre «Creer es crear» y Marcela se convierte en la mejor amiga que he tenido, aunque nuestras diferencias sobre muchos asuntos siguen siendo abismales, en especial frente a todo lo que tiene que ver con la crianza y con el futuro de los niños. Me siento feliz de que sea la madre de mi hijo y de poder ayudarle a lograr sus sueños.

Y ahora que parece que todo se está acomodando como debe ser, recibo una llamada de Claudia.

—Estoy en Medellín, ¿podemos vernos?

Me da dolor de estómago recordando lo que pasó la última vez que llegó de sorpresa. Me dice que solo va a estar durante un par de días y sugiere que nos veamos en la universidad.

Cuando salgo de clase la llamo para saber en dónde está y nos encontramos afuera del auditorio. Nervioso, me voy acercando a ella. Siete años después de cuando la vi la primera vez me parece una mujer aún más hermosa. Me abraza cariñosamente y se burla de que tengo algunas canas que no conocía. Caminamos hacia la cafetería mientras me cuenta sobre la vida en Charlotte.

—¿Estás con alguien? —pregunta cuando nos sentamos.

—No… ¿Por qué lo preguntas?

—Es que noté que no has mencionado a Marcela. ¿En qué paró todo eso?

Le hago un resumen rápido de la situación y ella se sorprende con todo lo que le cuento. Pienso que su pregunta no era tan inocente.

—¿Y tú?

—Sí, llevo varios meses viviendo con alguien —responde sin dudas con una sonrisa—, por eso vine. Quiero que nos divorciemos.

Me causa un impacto que no esperaba; seguir legalmente casados nos mantenía unidos de alguna forma. Sin embargo, me alegra escuchar todo lo que ha pasado en su vida y, aunque me siento incómodo cuando menciona con admiración a su nueva pareja, entiendo que nuestro matrimonio no tenía futuro. Estábamos enamorados de nosotros mismos más que del otro. Después de una conversación que parece la de dos amigos que se reencuentran, acordamos proceder con el divorcio y le deseo felicidad de manera sincera.

—Espero leer pronto tu primera novela —dice antes de despedirnos.

—¿Cómo lo sabes? —pregunto con algo de vergüenza.

—Vi que la anunciaste en @jotaescritor. ¡Felicitaciones!

Marcela se muda a un apartamento que queda cerca del mío y seguimos compartiendo la crianza de Juan José. Me encargo de los gastos de mi hijo, incluyendo una niñera que también cuida a Miranda. En su nuevo trabajo le empieza a ir muy bien y rápidamente la ascienden a administradora del almacén, con lo cual decide empezar a estudiar por internet. A veces me quedo mirándola y me pregunto qué habría sido de nosotros si @marcelinda90 hubiera existido realmente. ¿Se habría casado con @jotaescritor?, ¿habrían sido felices?, ¿tendrían una hija llamada Miranda y un hijo con el nombre de dos reguetoneros?

Me consuela saber que no es esa mujer aparentemente perfecta que se fue metiendo en mi vida, construida a la medida para lo que yo creía que era el amor, y que yo no soy ese personaje de ficción que creé hace casi tres años. Más allá del niño que fue abandonado, del periodista que quiso mi papá que fuera, del hijo idealizado de mi mamá, del esposo dispuesto a cruzar el mundo detrás de Claudia, del padre que mi hijo necesita, me reconozco como el escritor que soy, porque he decidido serlo, porque es mi propósito, porque quiero escribir para tocar la vida de los lectores, para contar las historias que nadie más ha contado.

27

Amo la clase de las seis de la mañana. En Medellín los días comienzan temprano y me gusta recibir a los estudiantes primíparos que inician sus carreras con tanta ilusión. Cada semestre aprendo de ellos tanto como aprendo de mi hijo en su proceso de descubrir el mundo. Los veo entrar en el salón con miedo y los saludo intentando que pierdan el temor a esta etapa que tanto recordarán en el futuro.

Escribo mi nombre en el tablero, mi celular, mi correo electrónico y mi cuenta en las redes sociales. Añado la etiqueta que quiero que usen en sus publicaciones durante el semestre: #EntreRedes.

Sé que la mayoría cree saberlo todo sobre las plataformas digitales, pero también sé que desconocen lo más relevante: que no responderán a la pregunta más importante de sus vidas ocultándose tras una imagen que no dice nada de quiénes son; que no encontrarán el amor mintiendo sobre sus defectos; que no reconocerán su camino siendo las personas que alguien más quiere que sean.

—Vamos a empezar con un ejercicio —les digo después de las explicaciones básicas sobre la materia. Veintiséis ojos expectantes me miran con atención—. Quiero que revisen alguno de sus perfiles en redes sociales, elijan alguna fotografía y escriban la realidad detrás de esa ficción.

Para explicarlo les muestro una de mis publicaciones: es el cumpleaños número seis de Miranda y salimos los cinco detrás del pastel.

—Seguramente en esta foto ven una familia feliz. Un hombre promedio que sonríe al lado de una mujer hermosa. Dos niños que, emocionados, quieren abrir los regalos. Una perra criolla con un gorro de fiesta. ¿Es correcto? —Sus gestos de aprobación lo ratifican—. Ahora, déjenme contarles que esta foto es solo ficción. La realidad es que hacerla fue todo un drama. Marcela llegó tarde al cumpleaños de su hija porque tuvo una reunión importante con su jefe. Miranda había hecho pataleta porque Maia le manchó el vestido. Marcela no es mi esposa y Miranda no es mi hija. —Hago una pausa para que se imaginen todo lo que les estoy contando—. Juan José es el único mostrando quien realmente es, un niño que aprendió a caminar hace poco, que ya sabe comer sin ayuda algunos alimentos, que adora los libros con figuras de animales y que hace garabatos sobre cualquier superficie que tenga a la mano. Después de la foto, Marcela y yo discutimos sobre cuánto pastel podían comer los niños, Juan José agarró uno de los regalos de Miranda, ella enojada se lo arrebató, él se puso a llorar, ella salió corriendo, se cayó y se hizo un raspón en la rodilla. De nuevo hubo llanto y drama, incluyendo los ladridos de Maia que estaba desesperada con el caucho del gorro.

Los estudiantes se ríen de mi historia.

—Ya ven, en las redes sociales poco o nada es lo que parece. Elijan una de sus fotos y escriban una historia sobre lo que realmente estaba pasando.

Al terminar la clase busco a Marcela para preguntarle cómo le fue en su primer día y la veo tan asustada que me preocupa que algo malo le haya pasado.

—¡Mis compañeros son unos niños! ¡Soy la más vieja del salón! —me dice con un gesto de preocupación que no entiendo.

—¿Y qué importa?

—Pues, no te imaginas… La mayoría de mis compañeras son chicas hermosas, con menos de veinte años, de familias con mucha plata, que incluso antes de empezar a estudiar diseño de modas ya han viajado a las ferias de Nueva York, de París y de Milán.

—¿Y entonces?

—No sé, Jota, tengo que hacer algo. Crear un portafolio en Instagram con mis diseños, con trucos de moda, algo bien *fashionista*. No puedo quedarme atrás. No voy a… ¿De qué te ríes?

—¡De ti! Eres la mujer más auténtica que conozco, tienes un instinto increíble para la moda, estoy seguro de que vas a triunfar en esto y en todo lo que te propones. Deja de compararte con esas niñas que están más asustadas que tú y usan una fachada para aparentar que no es así.

Marcela se queda en silencio. Finalmente suspira.

—Tienes razón. No saben lo que es la vida todavía. Gracias, siempre me salvas. ¿Está listo todo para el viernes?

—Faltan un par de cosas, pero sí. ¿Vas a ir?

—¡Claro! Le pedí permiso a mi jefe y se interesó al saber que vas a lanzar tu libro; va a venir conmigo.

Al despedirnos le llega un mensaje de texto y me mira con lágrimas en los ojos. Se sienta otra vez y comienza a llorar. Incapaz de hablar, me entrega el celular, veo que hay un mensaje de Catalina.

> Cuatro años de cárcel para Nancy.

Sufre, sufre mucho por su hermana. A pesar de que la situación estaba llevándola hacia una vida desastrosa, Nancy siempre fue la persona más importante de su familia, quien la apoyó en los momentos difíciles y quien le ayudó con Miranda.

—¡Perdóname, hermanita! —dice entre sollozos.

—Marcela, mírame… No es tu culpa.

—Fui yo, Jota. Yo la mandé a la cárcel.

—No, tú solo denunciaste la situación. Fue ella quien cometió el delito y la justicia decidió la pena.

—Yo solo quería… yo solo quería librarme de ella… no que… ¡nunca me va a perdonar!

—No vale la pena que pienses en eso ahora. Las dos tendrán que hacer el duelo y tal vez más adelante puedan reconciliarse.

Entiedo por qué, cuando hizo la declaración, Marcela presentó a Nancy como una víctima de las circunstancias. Culpó a su mamá por haberles dado una mala crianza y enfatizó en que su hermana había tomado decisiones difíciles que al final las habían salvado. Mas allá de que la cárcel fuera difícil para Nancy, lo que Marcela temía era que su hermana no la perdonara nunca.

Logro que se calme. Aprovechando que no tengo clase hasta la tarde, la llevo al trabajo y me quedo un rato por ahí para asegurarme de que está mejor.

Cruza la puerta del almacén con total dominio de su talento, y aunque noto que sigue muy triste, es impresionante la manera en la que revisa que todo esté correcto, pide que cambien un par de detalles en la exhibición de la vitrina y le da instrucciones a una nueva vendedora. Estoy seguro de que muy pronto logrará crecer en su carrera profesional.

Cuando entro a la librería me quedo pasmado viendo mi novela en la mesa que prepararon para el conversatorio. Aunque desde hace varias semanas tengo el libro impreso, verlo ahí, en donde nunca pensé que estaría, me hace sentir ganas de salir corriendo. El dueño de la librería me saluda con la mano, me indica que me acerque y me presenta a @homolectus, el encargado de entrevistarme. Repasamos las preguntas y los extractos de la novela que cada uno leerá.

Algunas personas organizan las sillas del auditorio, y en la parte de atrás del salón sirven pasabocas y vino para los invitados. No creo que vengan tantas personas; sí espero que algunos colegas de la universidad me acompañen además de los invitados de la librería, pero no me hago muchas ilusiones. Cuento las sillas, siento angustia imaginando que no serán más de veinte personas y el espacio está organizado para cincuenta.

Ojalá mi mamá estuviera aquí. Ojalá supiera que publiqué mi primera novela. Tengo pánico de imaginar lo que pasará ahora, que los críticos la harán añicos, que los lectores van a odiarla, que las librerías pronto querrán devolverme las copias que les dejé en consignación.

Empiezan a llegar los primeros asistentes. Está Alexandra, a quien conocí en el taller de escritores de la universidad. También vinieron @ottelolee y @anthopulgarin, a quienes les conté hace meses que soy el ser humano detrás de @jotaescritor y desde entonces armamos buenas tertulias. Llega @edward.books y nos tomamos unas fotos para su cuenta.

Me informan que es hora de empezar y Daniel (el @homolectus) y yo nos sentamos en los sofás dispuestos en la parte frontal del salón. No veo a Marcela cuando comienza la presentación, pero después de unos minutos la reconozco en la parte de atrás, de pie, porque las sillas no fueron suficientes.

La conversación fluye e intento que sea agradable para los asistentes. Las preguntas del final son interesantes, especialmente una que me hace @karenlopera sobre cómo ha sido mi proceso como escritor. Una vez terminada la presentación, algunas personas llegan con su copia del libro para que la firme. Marcela es la primera de ellas, tiene lágrimas en los ojos y quisiera llorar con ella.

—Gracias por dedicarme el libro —me dice secándose las lágrimas. La abrazo con todo el agradecimiento que me cabe en el cuerpo.

Después de que firmo su copia me presenta a Isabel, su jefe, quien me felicita por la presentación y me pide que le firme su libro. Me impacta desde el primer momento: es bastante alta, casi de mi estatura, tiene el pelo rizado más abajo de los hombros y una piel morena que brilla por sí misma. Sonríe, sonríe mucho, sonríe todo el tiempo.

Termina la firma de libros, algunas personas se acercan para tomarse fotografías conmigo y sus comentarios me conmueven. Cuando me dejan solo se acerca Isabel.

—Perdón, Jota, no entendí lo que me escribiste —dice en voz baja.

Abro la portada del libro y leo la dedicatoria.

—No, eso sí lo entendí. Lo que no pude descifrar es lo que pusiste al final. ¿Qué dice ahí? —Señala mi firma.

—¡Ah! Ese… es mi nombre, mi nombre de pila. Mucho gusto, Josualdo, me llamo Josualdo.

¡Y ella sonríe!

AGRADECIMIENTOS

Esta novela tuvo como título provisional *Proyecto Alter Ego*, como el libro que en su momento @jotaescritor empezó a escribir. Sin embargo, la evolución de la historia me llevó por nuevos caminos, algunos de los cuales yo no habría encontrado sin la ayuda de las personas que hicieron contribuciones valiosas en el proceso.

Quiero empezar por agradecer a los lectores de *Me muero por vivir* y de *Detrás de mi nombre*, mis dos primeras novelas. Saberme acompañada por ellos ha sido el principal motor en la exploración del camino para ser cada día una mejor escritora.

Gracias a los lectores beta por aceptar el reto de leer el manuscrito antes de que estuviera listo: Adriana De La Barrera, Aimée Gabriela Gallegos, Alexandra Salazar, Ana Claudia Gamboa, Ana Hilda Santillán, Andrea Villalobos, Andrés Felipe Velasco, Claudia Monge, Cristian Felipe Velásquez, Danna Ángel, Daisy Heredia, Edward Gutiérrez, Gregorio Patiño, Gustavo Ángel, Isabel Cristina Ortiz, Jimmy Rodríguez, Juan Sebastián Vásquez, Julián García, Julio César Martínez, Karen Lopera, Keyla Acosta, Laura Hincapié, Laura Niebles, Lizbeth Moscoso, Lorena Carvajal, Mallira Isabel Galeano, María Botero, María Ximena Bolaños, María Zuluaga, Mariana Acevedo, Mariana Anaya, Mary Carmen Siran, Paula Duarte, Silvana Arteta, Sofía Díaz, Steffania Mahecha, Valentina Sandoval, Yarilis Martínez, Zaira Elejalde y Zarina Ávila. Sus comentarios me ayudaron a crear un mejor libro para los demás lectores. Entre ellos, quiero agradecer muy especialmente a Sara Patiño, quien propuso la idea del nombre *Entre redes* y a todos los bookstagrammers y booktubers que además de interactuar literariamente con @jotaescritor en algunas secciones de la novela, me apoyan y ayudan todos los días a llegar a nuevos lectores.

En esta ocasión, conté con el aporte valioso de Tania Velázquez y Tadya Peña que me contaron sus historias con mucha generosidad.

Agradezco especialmente a los escritores Carlos Alberto Montaño y Luis Alejandro Ordoñez, quienes hicieron grandes aportes desde el oficio y la técnica.

La portada, como en mis novelas anteriores, estuvo a cargo de Alba Maldonado y Pablo López, del estudio de diseño Ginger Magenta. Gracias a ellos mis palabras tienen una identidad gráfica que me hace sentir orgullosa.

Esta novela fue posible con el aporte de Natalia Hernández como editora, correctora, amiga y cómplice de vida.

Quiero agradecerle a David Posada, mi esposo, por acompañarme en este camino; a mi mamá, Gilma Gómez, por creer en mí cada día y a mi hermana Mónica Castrillón por apoyarme en todo lo que hago.

Finalmente, gracias a ti, que leyendo *Entre redes*, estás ayudándome, impulsándome y retándome como escritora. Espero que nos sigamos encontrando en nuevas historias.

*****

Como escritora autopublicada, dependo en gran medida de mis lectores para llegar a nuevas personas. Me ayudas muchísimo dejando una reseña en tu plataforma / librería favorita, compartiendo información sobre mí o mi novela en tus redes sociales, recomendándome para entrevistas, presentaciones o eventos y, sobre todo, hablando con otros sobre mi trabajo.

También estoy abierta a recibir tus comentarios de manera directa. Puedes escribirme a alexandra@alexandracastrillon.com
¡Gracias!

Conoce mis otras novelas y empieza a leerlas gratis hoy mismo:

Me muero por vivir (2019)
Una novela sobre los viajes, el amor y la enfermedad.

alexandracastrillon.com/me-muero-por-vivir/

Galardonada con el **premio Isabel Allende** al libro más inspirador de ficción de International Latino Book Awards 2021 (medalla de plata).

Detrás de mi nombre (2021)
Una novela sobre la búsqueda de la identidad, la salud mental y el cuestionamiento de las imposiciones sociales.

alexandracastrillon.com/detras-de-mi-nombre/

Galardonada con el **premio Isabel Allende** al libro más inspirador de ficción de International Latino Book Awards 2022 (medalla de plata).

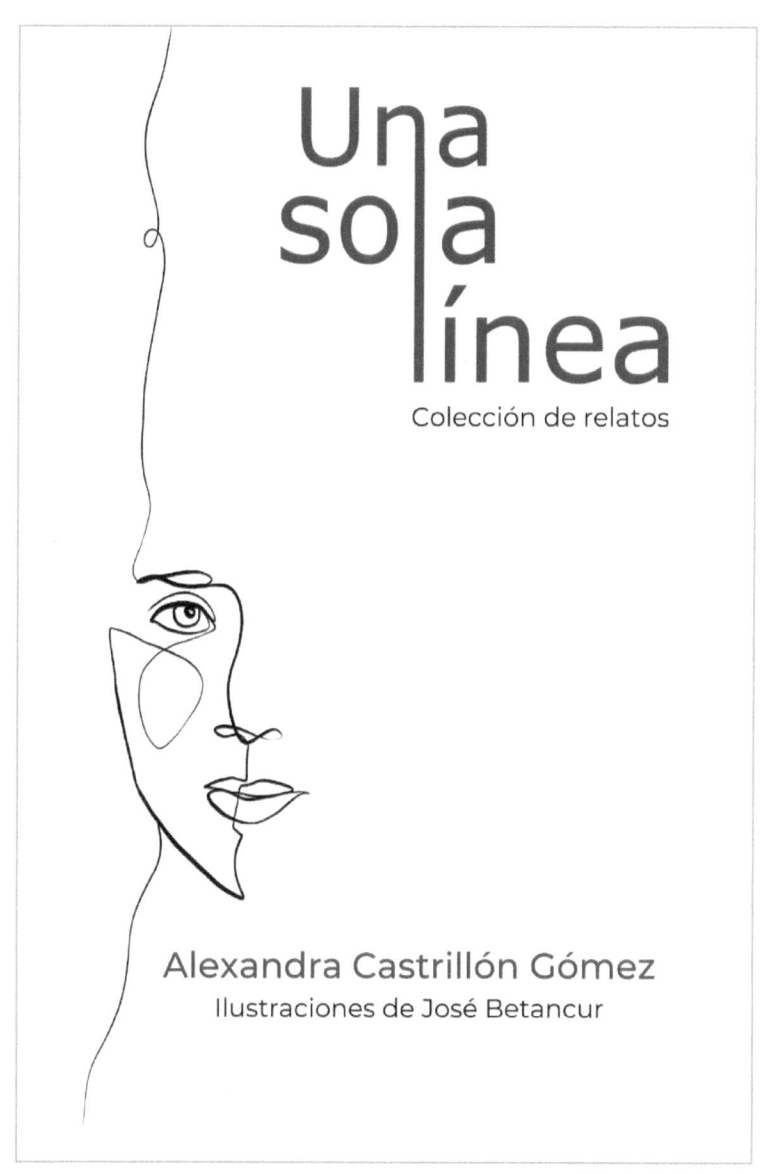

Descarga gratis mi libro **Una sola línea**
una colección de dieciséis relatos, ilustrados por José Betancur:
alexandracastrillon.com/descarga-gratis-una-sola-linea/

www.ingramcontent.com/pod-product-compliance
Lightning Source LLC
LaVergne TN
LVHW041926070526
838199LV00051BA/2727